倡导诗意健康人生　为诗的纯粹而努力

中国诗歌
CHINESE POETRY

2018年度民刊诗选

主编○阎志

人民文学出版社
PEOPLE'S LITERATURE PUBLISHING HOUSE

图书在版编目（CIP）数据

2018年度民刊诗选/余真等著. -北京：人民文学出版社，2018
（中国诗歌/阎志主编）
ISBN 978-7-02-014790-8

Ⅰ.①2… Ⅱ.①余… Ⅲ.①诗集-中国-当代 Ⅳ.① I 227

中国版本图书馆 CIP 数据核字（2018）第 285442 号

主　　编：	阎　志
责任编辑：	王清平
责任校对：	王清平
装帧设计：	叶芹云

出版　人民文学出版社有限公司　http：//www.rw-cn.com
地址　北京市朝内大街 166 号　邮编 100705
印刷　湖北新华印务有限公司
经销　全国新华书店
开本　880 毫米×1230 毫米　1/32
印张　10
字数　180 千字
版次　2018 年 10 月北京第 1 版　2018 年 10 月第 1 次印刷
ISBN　978-7-02-014790-8
定价　39.00 元

《中国诗歌》编辑部
武汉市江岸区惠济路 3 号卓尔书店　邮编：430000
发稿编辑：刘蔚　熊曼　朱妍　李亚飞
电话：027-61882316
投稿信箱：zallsg@163.com

如有印装质量问题，请与本社图书销售中心调换。电话：010-65233595

《中国诗歌》编辑委员会

编 委
（以姓名笔画为序）

车延高	北　岛	叶延滨	田　原
吉狄马加	李少君	李　瑛	杨　克
吴思敬	邹建军	张清华	荣　荣
娜　夜	阎　志	梁　平	舒　婷
谢　冕	谢克强	雷平阳	霍俊明

主　　　编：阎　志
常务副主编：谢克强
副 主 编：邹建军

目　录

《几江》诗选 …………………………………………………… 1
　小叶榕（外一首）………………………………… 余真　2
　想飞，就飞（外一首）…………………………… 李看蒙　3
　冬天·湖……………………………………………… 黄海子　4
　瑟瑟的梦…………………………………………… 戎子　5

《大西北诗人》诗选 …………………………………………… 6
　倒走（外一首）…………………………………… 陈琴　7
　时光在夜色中穿行（外一首）…………………… 何军雄　8
　野草疯长…………………………………………… 何耀峰　9
　山里秋正浓………………………………………… 田志清　11

《小诗界》诗选 ………………………………………………… 12
　去看一个人（外一首）…………………………… 阿未　13
　家族史……………………………………………… 冯冯　14
　我把石头奉为神灵………………………………… 何金　15

《分界线》诗选 ………………………………………………… 17
　"爱是什么……"（外一首）…………………… 木叶　18
　醉酒的人（外一首）……………………………… 顾念　20
　大雪，或日子……………………………………… 李庭武　21
　光阴逝……………………………………………… 吕维东　22

《中国风诗刊》诗选 … 23
- 坟头的一块石头（外一首） … 梦天岚 24
- 楚东村的桃花（外一首） … 黎凛 25
- 2014年9月1日，或者水鸟（外一首） … 欧阳白 27
- 这里阳光普照 … 梅苔儿 28

《中国诗影响》诗选 … 30
- 三重白（外一首） … 铄城 31
- 想起一条河流的行程（外一首） … 还叫悟空 32
- 白（外一首） … 焦淑斌 33
- 站台 … 胭脂小马 35
- 桃花岛 … 陈华 36

《月亮诗刊》诗选 … 37
- 钉子（外一首） … 立雪 38
- 枝丫间（外一首） … 空格键 39
- 《短寸集》：当我老了（外二首） … 野苏子 41
- 流淌的男人（外一首） … 薛省堂 42

《风》诗选 … 43
- 同里 … 琴匣 44
- 比干 … 西衙口 44
- 寂寞的结构（外一首） … 沪上敦腾 45
- 当我和你在一起 … 青青 47
- 戴珍珠耳环的女孩 … 谷冰 48

《北京诗人》诗选 … 49
- 木匠（外二首） … 雨后春笋 50
- 谁喊出忍夏（外一首） … 翠儿 52
- 一只鸟带来的黄昏（外一首） … 于海棠 53

《北湖诗刊》诗选 …………………………………… 55
　痒（外一首）………………………………· 刘郎 56
　凌晨两点的音乐 …………………………… 崔宝珠 58
　时间之门 …………………………………… 秋若尘 59

《四川诗歌》诗选 …………………………………… 60
　两只鸟（外一首）………………………… 张新泉 61
　秋夜无痕 …………………………………… 李永才 63

《打工诗人》诗选 …………………………………… 65
　架子工（外一首）………………………… 迎客松 66
　板凳兄弟 …………………………………… 万传芳 67
　行走异乡的冬小麦 ………………………… 刘洪希 68
　城市·乡村·铁 …………………………… 陈少华 69

《未然》诗选 ………………………………………… 71
　小场景 ……………………………………… 刘晓蓓 72
　再次书写沉默 ……………………………… 冰马 73
　撒母耳 ……………………………………… 张洁 74
　墓志铭 ……………………………………… 陌峪 75
　此生 ………………………………………… 青蓝格格 76

《白天鹅诗刊》诗选 ………………………………… 77
　在城墙下避雨（外一首）………………… 梁振林 78
　寒露帖（外一首）………………………… 芷妍 79
　一个人到山上走走（外一首）…………… 王文军 80
　雾凇（外一首）…………………………… 胡世远 82

《先锋诗报》诗选 …………………………………… 84
　对一只鹰的命名 …………………………… 晓川 85

担忧 ·· 巴城　86
　　风中的广玉兰 ····································· 龚学明　87
　　对于我 ··· 麦阁　88
　　水上森林 ··· 育邦　89
　　像每一个正常的人一样 ·························· 邹赴晓　90

《后花园诗刊》诗选 ································· 92
　　位置（外一首） ··································· 白海　93
　　点燃一支香烟（外一首） ······················ 何海波　95
　　夏荷（外一首） ································ 刘春梅　96

《轨道诗刊》诗选 ································· 98
　　高原秋晚 ··· 包文平　99
　　你是我模糊的地名 ······························· 海郁　100
　　有时雪是被混淆的尘埃 ·························· 孙立本　100
　　昨夜雨声 ··· 蒲永天　101
　　我爱这清冷月色朦胧里的未知 ················· 泥文　102
　　在清晨我写下虚无 ································ 辰水　103
　　擦枪 ·· 郑文艺　104

《园山》诗选 ······································ 105
　　玻璃琴（外一首） ······························· 王柏霜　106
　　从河滩望去（外一首） ·························· 王琪　108
　　立春（外二首） ································· 卞云飞　110
　　虚构的远行 ·· 法卡山　112

《走火》诗选 ······································ 113
　　家（外一首） ····································· 捕马　114
　　低等生活 ··· 袁永苹　115
　　我们短暂的友谊并非诞生于永恒的石头 ······· 罗逢春　116

4

来自北太平洋的风……………………………… 卓美辉　117
　　草青青……………………………………………… 熊生庆　118

《陇南青年文学》诗选……………………………………… 119
　　大雪夜看雪（外一首）………………………… 包苞　120
　　戏………………………………………………… 张静雯　121
　　母亲的肖像（外一首）………………………… 顾彼曦　122
　　在皋兰，守小年夜……………………………… 卜卡　123
　　八盘山上的草（外一首）……………………… 蝈蝈　124

《诗》诗选……………………………………………………… 126
　　只到达眼睛里的远方…………………………… 道辉　127
　　盲人……………………………………………… 阳子　128
　　田野空旷人心凉（外一首）…………………… 林忠成　129
　　音乐（外一首）………………………………… 何如　130
　　秋风辞…………………………………………… 芦建伦　132
　　在旅馆…………………………………………… 伊甸　133

《诗同仁》诗选………………………………………………… 135
　　出嫁后…………………………………………… 康雪　136
　　田野补记………………………………………… 圻子　136
　　两道伤口………………………………………… 霜白　137
　　夏夜……………………………………………… 一江　138
　　通往火葬场的路………………………………… 木鱼　139

《诗领地》诗选………………………………………………… 141
　　植物人和樱桃的缓慢…………………………… 郭金牛　142
　　写诗……………………………………………… 杨小娟　143
　　灯火……………………………………………… 水湄　144
　　追逐花期的人…………………………………… 空馨　145

历史书……………………………………… 其然 146

《诗家园》诗选…………………………………… 147
　鸟影，或者瞎扯的风筝（外一首）……… 章治萍 148
　苞谷在上……………………………………… 雷霆 149
　秋天来了，善良如你（外一首）………… 江莲子 151
　雨水中的碎片………………………………… 张萌 152

《诗黎明》诗选…………………………………… 154
　本草纲目…………………………………… 毕俊厚 155
　秋天从山坡上滚下来………………………… 海湄 156
　母亲节是个虚词……………………………… 凡墨 157
　暗夜…………………………………………… 一度 158
　孤独…………………………………………… 晓松 159
　流水简…………………………………… 黄沙漫步 160

《客家诗人》诗选………………………………… 161
　牌坊：在路边………………………………… 昌政 162
　失语症……………………………………… 彭一田 163
　柚花香……………………………………… 吴小燕 164
　暮晚………………………………………… 离开 165

《屏风》诗选……………………………………… 166
　暮春，下天竺的清晨（外一首）…………… 桑眉 167
　饮马河上空的蝙蝠…………………………… 黄啸 169
　耳语……………………………………… 张凤霞 171

《星期六》诗选…………………………………… 173
　爱情（外一首）…………………………… 胡刚毅 174
　黄昏（外一首）…………………………… 叶小青 175

钓源古村（外一首）	夏斌斌	177
我的诗（外一首）	胡粤泉	178
在冬天	简小娟	179
你是我的一场雪	雨城	180
桃花诗	龙斌	181

《洎水诗刊》诗选 …… 182
- 半屏山 …… 冷眉语 183
- 大岭背的槐树（外一首） …… 布衣 184
- 我情愿自己醒得晚一些（外一首） …… 林珊 186
- 致博尔赫斯 …… 雁西 187
- 交出（外一首） …… 王跃强 188

《洛阳诗人》诗选 …… 190
- 我的籍贯（外一首） …… 段新强 191
- 原罪 …… 雪子 193
- 吉祥兆 …… 常保平 194
- 历史的暗夜 …… 棠棣 195
- 水煮人间 …… 王景云 195

《独立》诗选 …… 197
- 八月三号，晴欲雨（外一首） …… 王含玥 198
- 一条大河 …… 吉克·布 200
- 冬夜里的瓦子觉 …… 阿于阿英 201
- 太阳，是大地的血 …… 阿加伍呷 202
- 我想吃块骨头，一块顶天立地的骨头 …… 史列·瓦 203

《钨丝》诗选 …… 204
- 阳台诗：植物般的生活 …… 张尹 205
- 春日 …… 朱成 206

养蜂人 ·················· 王彦明 207
日常简录 ················ 周园园 208
秋日 ··················· 缎轻轻 209

《唐河文学》诗选 ············ 210
一种煤 ················· 康书乐 211
绿藤 ··················· 田法 212
秋虫（外一首） ············ 瑭诗 212
静如青草，绿过荒地（外一首） ··· 马兰 214

《桥》诗选 ················· 216
水塘（外一首） ············ 胡佳禧 217
夜晚，水牛（外一首） ········ 胡耀文 218
玉兰花开了（外一首） ········ 田溢文 220

《海岸线》诗选 ··············· 223
理想主义的鱼（外一首） ······· 林水文 224
与一只蚂蚁相遇 ············ 黄药师 225
近况（外一首） ············ 杨梅 226
飘落（外一首） ············ 郑成雨 227
黄花铃木 ················ 梁永利 229

《第三说》诗选 ··············· 230
关于朝关于夕（外一首） ······· 安琪 231
分枝 ··················· 康城 232
月光来到雪地上 ············ 冰儿 233
辩护人 ················· 辛泊平 234
霞光照耀早晨的露台 ········· 燕窝 235
林间小路 ················ 落地 236

《野诗刊》诗选 ································· 237
 慈悲（外一首）························· 田地 238
 母性（外一首）························· 沫儿 239
 为什么是海马························· 朱怀金 241
 月亮································· 刘客白 242

《麻雀》诗选 ··································· 243
 掌上风水····························· 蓝敏妮 244
 今天白云勤快（外一首）··············· 周统宽 245
 给阿姆拍荷花像······················· 水青衣 246
 月光很贵····························· 骆建宗 247
 垓下································· 韦斯元 248

《鲁西诗人》诗选 ······························· 250
 蒺藜花（外一首）····················· 张桂林 251
 豢养两粒词语························· 翠微 252
 我的视力刚好够把星空看得很美（外一首）· 微紫 253
 告诉································· 弓车 255
 有没有······························· 冯彩霞 256

《群岛》诗选 ··································· 257
 美如繁花之败（外一首）··············· 盘妙彬 258
 黎明前（外一首）····················· 胡弦 259
 巨石啊（外一首）····················· 马启代 261
 霜降（外一首）······················· 宫白云 262
 梳头································· 施施然 264

《蓝鲨》诗选 ··································· 266
 身当矢石不语才是战斗················· 唐成茂 267
 夜色································· 穆蕾蕾 268

独白（外一首）·················· 陈计会 269
夜读（外一首）·················· 容浩 270

《端午》诗选 ···················· 272
夜跑者不遇（外二首）·············· 李瑾 273
偶想（外一首）·················· 巴客 275
彷徨奏（外一首）················ 杨碧薇 276
牡丹（外一首）·················· 朱蕊 277
在大地低处飞···················· 安乔子 278

《鄱阳湖诗报》诗选 ·············· 279
访白云寺······················ 石立新 280
母亲·························· 刘淑娟 281
立春（外一首）················ 鄱阳余晓 282
西山禅寺······················ 刘康 284
影子·························· 许天侠 285

《赣西文学》诗选 ················ 286
暗烧（外一首）·················· 漆宇勤 287
这浩瀚城市（外一首）·············· 刘华 288
恩惠（外一首）·················· 山月 289
坑背村（组诗选二）················ 赖咸院 291

《37度诗刊》诗选 ················ 293
从春天开始失明（外一首） ········ 诺苏阿朵 294
埋你下去　我是谨慎的（外一首）······ 帕男 296

后民刊时代：诗歌文化共同体的共建与完善········ 赵卫峰 299

《几江》诗选

《几江》2007年7月创刊于重庆,季刊。名誉主编梁平,社长黄伟,主编杨平,副主编施迎合、杨治春、戎子、任正铭,编辑李万碧、泣梅、向阳、余真、梦桐疏影、风子、苏枿北等。《几江》以"植根本土、立足重庆、面向全国"为办刊理念,以"海纳百川"的包容姿态吸纳东、西、南、北风,让其融入《几江》,挟带起时代的潮汛,展示《几江》的秀雅和雄浑。

小叶榕（外一首）

◎余真

春天它尽情茂盛，树下有永不知悔的
独白。我的心如晚霞浮动。
整个秋天，我都没能获取抵达树顶的
方法。这里逐渐失去日色的垂怜。
倦鸟们踏上疲惫的迷途。
没有得到面孔的风，一遍遍割下
它们深邃的绿意。
落叶们一遍遍怜爱，行路者的身影。

碎 片

那个午后我在岸边发呆，粗碗中的酒
已经褪到了裙底，过去我们赞美着爱情和街道
赞美着沙柳萧条的光辉。更久远的时候
我是一堆浑浊的麦垛，而你曾令我死灰复燃
像路边一簇簇盛放的百日菊。火光映着
池塘延伸的裂纹，让我想到过去庭院中的
夜晚，我们认为星空浩瀚又渺若无物
而黑暗铺满了黑暗的枝头。一切存在都不再具体
我和黑暗都是无助的旁观者，我和黑暗都有

浩瀚又渺若无物的碎片，这碎片源自不可逝去的往日

想飞，就飞（外一首）

◎李看蒙

我有竹篮，但不打水
正如天空有蓝，也不托梦给我
而梦里的我，手指冰凉

远处的树被涂了半人高的白灰浆
从眼睛，谈到你的眼睛
我的心里响起回声
白日里一切都回响着

阳光走过，没有事物慌里慌张
莲花不必守口如瓶
这一次，我没有不可告人的秘密
我有一只红蜻蜓
我，不必等到她飞近

哑巴孩子

不怕月亮割耳朵，你不撒谎，你脱掉鞋子走路
集中到一棵树上看人

两只耳朵，是自我反光的容器
你是乖孩子，你可以看到妈妈
看不到的事物
你扔掉衣服背柴火。读书。打猪草
把饱满的种子挑出来
放入鸟窝，它们安静。你自己说话
星星一样多，多得
天上的星星都成了哑巴孩子

以上选自《几江》总第 48 期

冬天·湖

◎黄海子

一直喜欢独坐在湖边
看风吹过湖面起的波澜，以及
随波荡漾的事物和碎的光影

湖面静止的时候
就会装满世间的一切，譬如
山水，天空，掠过的飞鸟
还有好听的声音和心事

冬天的时候
她会起一层很薄的冰
把一切都关在那里

选自《几江》总第 50 期

瑟瑟的梦

◎ 戎子

哦,请别给我一种水里的美丽
我会不知不觉融入它
半江瑟瑟半江红,那是古人的说辞
眼里的黄褐色是流动的
像由来已久的皮肤,一旦形成
根深蒂固,曾用忧伤的语言
我描述过奔腾,描述过战栗的悲欢
与不息
我还描述过一群人
奔走相告的人

选自《几江》总第 49 期

《大西北诗人》诗选

《大西北诗人》2017年3月创刊于甘肃会宁,月刊。主编何军雄,代表诗人何耀峰、陈琴等。《大西北诗人》立足西北,面向全国,主要关注和扶持民间诗人、草根诗人。2017年5月由《大西北诗人》发起的第三届"槐香白银 五月诗会"成功举办。

倒走（外一首）

◎陈琴

广场上晨练的人群中
有几个背着手倒走的老人
踩着自己长长的影子
低着头，一点一点地挪动脚步
凝神静气，若有所思
似乎在清点什么
又似乎在倒空什么

也许，人到了一定岁数
就该倒着往回走
最终
都将回归最初

我爱这千疮百孔的生活

把每盆花都浇一次
剪除枯枝败叶
把每个屋子都清理一遍
扔掉多余的东西
把地板擦得闪闪发亮

不留下一丝污迹

打开窗户
把浊气和晦暗全部打发出去
把春风和阳光一起邀请进来
从今天开始
我要重新爱上
这千疮百孔的生活

选自《大西北诗人》2017年第三期

时光在夜色中穿行（外一首）

◎何军雄

谁能把夜晚看穿，不带一丝忧伤
时光是走在刀尖的麦芒
绿色还在拼命滋长，在秋风来临的时候
没有把自己变黄、变枯、变烂

时光在夜色中穿行，我的影子
常常在梦中醒来，和着晨光

黑暗不代表停止，一些时光
乘着夜色，在尾随潜逃

听风者

夜色依旧朦胧
寂静还在彷徨中歌唱
一个听风者
侧耳聆听一场关于风的暴动

是谁走漏了风声
让一些语言从此流离失所
扶着洁白的月光
一个听风者从梦中醒来

风在肆无忌惮地吹着
吹落世间无数的尘埃
一个听风者仔细辨认
这场风是不是从故乡的方向吹来

选自《大西北诗人》创刊号

野草疯长

◎何耀峰

总有一些，枯萎、衰败
总有一些

从不甘腐朽的骨缝里
钻出来，爬上肩头

一株，似我
一丛，是家
这一片连着一片的，便是一座
另类的国邦

在风中奔跑
冒雨歌唱。有如朝圣
一次次挺直腰板，从卑微
不断拔高自己

战栗吧，秋风
我所经过的地方，煞白的霜
正在一寸寸按低
这些青于蓝天的头颅

雪，是赶来喂养火焰的
白茫茫的大幕，是旷野
最后一道屏障

选自《大西北诗人》2017年第五期

山里秋正浓

◎田志清

山还是那座山
路还是弯弯曲曲
沟两边的花
等不及的仍然老去

山畔上,梳理羽毛的
一只红嘴黑鸦
不顾一场雨的到来
去年跟在后面的小狗
今年跑在了我的前面

"秋风按不住枯草的喧嚣"
这个秋天和去年没有什么两样
这个秋天和去年没有什么一样
一只赶路的甲壳虫
看了看来路,隐入草丛

一滴雨,噙住了一朵花
一滴雨,噙住了我刚要说出的一句话

选自《大西北诗人》2017年第二期

《小诗界》诗选

《小诗界》2018年1月创刊于吉林，双月刊。主编何金，副主编阿未、李德彦，主编助理李金龙，责编冯冯，编辑宇航、李雪，代表诗人阿未、李德彦等。《小诗界》为全国诗歌界提供纸媒文本相互进行诗写作和阅读交流联络的可能性，向人们呈现有温度有深度的中国短诗。提倡"朴素现实主义"诗风，小诗大气象，关注日常民生，抵达社会心灵，具有审美与情怀高度。

去看一个人（外一首）

◎阿未

我决定去乡下看一个人，其实
我要看的人已经不在了
他在一个秋天和成熟的庄稼一道
被季节收割了，我来这里
只是看看与他有关的水，土地或者种子
看看这里依然繁盛的日子
以及收成，包括还能记起他的
那些人……

久未出门

久未出门，在这个铺张的夏天
我是院子里那些遍地生长的草
每天清晨，露水被阳光悄悄藏起
像我流落在地的汗水，像我
不断的自语，和土地交谈，并且
在泥土深处隐姓埋名，成为草
成为空气，成为一种心绪
在夏天成群结队地出现
却不为人知……

选自《小诗界》2018 年第 1 期

家族史

◎冯冯

旧相册。照片的主角是一把空椅子
扶手上长满老年斑。像极了我祖上的面容
除了后面深重的土墙,空寂得像我的家史

上面落了多少夜色它才这样沉静?
落下多少年的寂寞阳光才这样衰老?

这是一把赭黑色的空椅子。听说这把椅子
留下过祖父母的爱情。他们在当院里
晒过太阳,阳光照着他们苍凉的微笑

坐在上面的人都曾是我的亲人
如今一个个相继离开
这把椅子已经老态龙钟
我从相册里把它搬下来
依偎在它身边,像是它的孩子

我坐在上面等着我的孩子回来
然后露出庄严的神色,是想让她看见
我曾看过的祖上的模样

我把石头奉为神灵

◎何金

石头没有眼睛
我在月夜里看见了目光
石头没有嘴
它的诉说被风听到

岸边的石头
我不敢坐上去
我怕是那块
沉入汨罗江的石头
两千多年后浮出水面
流落到我的故乡松花江边

采一枝野菊放在上面
双手安静得像擎着一炷香

石头卧在岸边
我的心和辽阔的江岸
是它的神龛
河流发出诵经声

树木像是一群人

披麻戴孝，沿江缓步前行
打幡的人，举着榆树
向空中抛撒着纸钱

岸边的石头
我不敢坐上去
它不是《石头记》那块石头
它是沉冤的人凝固的魂儿

我把石头奉为神灵
石头愿意承担屈子的天命
在被污之前，一同沉江
砸碎了楚国的天空
溅起漫夜繁星

> 以上选自《小诗界》2018 年第 2 期

《分界线》诗选

《分界线》2017年8月创刊于安徽蚌埠,年刊。主编吕维东,创办人何吉发、肖建华、周士明等。办刊理念为开辟原创诗歌阵地,推动与外地诗歌交流,提振本地诗歌创作。经常举行诗歌创作、诵读、交流活动,在区域内外影响很大。

"爱是什么……"（外一首）

◎木叶

我长久以来的抑郁，都枉献给了这浩荡青天。

在此刻，它被标志为北半球
黑色的夜，上面粘满

白芝麻般的星星，以及

时而浓稠、时而枯淡的，
人间的灯影与流火。小区入口处，一位

嫁过来还不是太久的新娘，

……跺足、扭腰、大哭，
如一只无助的飞蛾。她的魂魄此刻被谁上了锁？

灯光无从改正哪怕只是一毫米的日出与日落的时分。
街道打盹、楼群沉睡，不像我满怀欲望，看起来
悲伤。若文明只是虚拟，月亮与桂花树

从不需要恨与爱，

——自然,请再次掏出你的法则,你
曾射伤太多人的右臀、大腿和手臂的弓箭,投掷进这夜晚。

散步所见

在秋天,树竭力放大自己累累的一身伤口,以解释
他人的作恶,

直至来年,伤口终被称谓为花。

树还弯曲成
栋梁或拐杖,

独木桥,独木舟,彰显生之孤凄。

然而并无济于事。群猴晃荡,
挑逗层层树叶,此时正在缩向体内。

当终于进而可以拨弄一颗颗的果实,谁

能够确证自我在泥土中的漫长生长,又如何确证
还有一个自我曾被兽物暗中拱动过?

醉酒的人（外一首）

◎顾念

看了千万遍，看去了半生光阴
山还是石头凝结的山

晚来多寒雨。砸疼一路行走的生命
小炉温陈酿，就着屋檐的嘀嗒
足足不眠了一整夜

我听见有声响在入侵
从窗缝处、门缝处，从旧年的伤口处
穿透骨骼
世界八面来风。我的屋子八面来风

长安米贵，居大不易。
醉不醉，人都会说一些疯话

夜闻歌者

如何抽离一朵花的金身
为人间烟火作证
分不清白天的白与黑夜的黑，隐匿
行路人盲从，言语落地即碎

哽咽的陈词不由分说
一路搁浅去年的旧词牌，一夜之间
江月白。
浮生白。
而此刻，你不懂眼中的滚动
就别过问流水的走向

大雪，或日子

◎李庭武

在我这里，每个日子都幻化为一个个具体的物
比如惊蛰，一匹受惊的马
比如大雪，一列满载的白皮火车

我有一把子力，倔
先是迎头追赶，用两只摊开的掌抵住
惊马，洪流，塌方，这白色的火车

对峙仅仅一秒，即节节后退
说白了，在一种强大的物面前
侧身，漂浮，奔跑，匍匐，远远好过
死顶，或硬扛

今日大雪，我从铁轨的右侧扑扑身上的尘
不是幸免于被碾压

而是目送一个,无声消逝的夜

如果急遽后退一步
又一个庞然大物,扑面而来

以上选自《分界线》创刊号

光阴逝

◎吕维东

有人坐在天空下,聚精会神
默数着出入天空的鸽子

有人动用吊车、大网,捕捞湖中的鱼
喂养人间,无数强大的胃

有人驱车去远方乡村
一心热望而去,喜忧参半归来

有人目光无意中
被窗外一树的枯叶绊倒

世事苍茫,酷似暮晚
而叹息如日落

选自《分界线》总第二期

《中国风诗刊》诗选

　　《中国风诗刊》2006年2月创刊于湖南浏阳，已出刊13期。创办人、主编黎凛，编委会主要成员黎凛、吴昕孺、左岸等，艺术顾问南鸥、非马、蔡宁、马知遥等，代表诗人南鸥、蔡宁、左岸、马笑泉、起伦、吴昕孺、欧阳白、梦天岚、吴投文等。办刊理念为提供一种与存在现场互动的诗歌文本，建立一种自由、纯净、独立、多元的民刊精神内核，立足湖南，辐射全国。自创办以来，举办过主题诗赛、诗集首发式、作品研讨会、诗歌朗诵会等大型活动。

坟头的一块石头（外一首）

◎梦天岚

有人叫它墓碑，它没有同意。
它立在一个逝者的坟前，
和众多的茅草为伍。如果它有双足，
一定会在一个月黑风高的晚上独自下山，
但它没有，刻在上面的字足以打断它的任何念头。

它只好站在那里，为一个逝者，
用最简短的话和一堆孝子贤孙的名字告诉路人，
一个人在死后如何才能继续活下去。

这让它有别于从前的浑噩，
烈日下的灰白和雨夜后的鞭痕犹在，
坚硬不能抵御的，只怕意志也不能。
清醒，反倒成了不治之症。

山坡上的一块石头

它同样有着自己的坡度，
但它安心于领受清晨的露水，被牛蹄尊重，
为成群的野菊花所眷恋，

这样的高度正好用来眺望，或聆听风声，
在有星光的夜晚想清一些事情，
当然，适当的回忆也很有必要，
但万物沉寂，各怀秘密。

既然快乐如此短暂，苦痛就无须再提。
它不再滚落，尽管它有一颗陡峭的心。

楚东村的桃花（外一首）

◎黎凛

这些被贬谪凡尘的女子
隐居在山间、坡地修行
春风撩开她的朵朵乳晕
一瓣桃花倏忽吻红谁的脸

那些一辈子走桃花运的人
千里迢迢来到这里
只为再走一回桃花运

可是我仍然不敢随意靠近
一丛桃花的心跳
就像羞于亲近暗恋的女子

真正的爱恋就是这样
越亲近，越心颤
越红颜，越手足无措

某些动心的瞬间

公交车上，我从一本书里抬起头来
发现一车人都在低头玩手机

酒桌上，火锅热气腾腾
我好奇，那羊肉被切成薄薄的皮
羊不会痛，它只会咩咩叫

厨房里，我帮她按住那尾跳动的鱼
用磨石敲打刀背，把鱼头咔嚓劈开
转身时，我嘀咕了一句真残忍

我不是君子，也不是伪君子
我只是在瞬间动了一下心

2014年9月1日，或者水鸟（外一首）

◎欧阳白

因为被定义为一条河，流没流动已经没有
关系，就像滞重的词语被摄入诗篇
灵动与否不再重要

一只水鸟，背负着上午温和的光
横掠两岸之间平整的波面
周日的世界似乎还在沉睡
潜藏在水的最深处，与卵石为邻

模样很富足，外表柔和，内心则不可揣测
所有的欲望都能轻易地满足
如此，不再醒来该是多么美好啊

水鸟的躁动是一种音符
一张静止的脸。旋转的指针
没有规律地把河流，一步步
拽到未知

2014年10月9日,或者地震

我想,那是无法支撑下去的拼图
地壳完整的时候就是一枚鸡蛋,它以
淡色的张力,抵抗永不停息地从内部
和外部发出的否定语气

一瞬间,就变成一张撕裂的纸,一块
落地的瓷片,摔在地上的声音,镜子般
映照出人们绝望和惊恐的喊叫
灾难如此深沉,如此拒绝人们优雅的生活

它断然而冷漠,在你猝不及防的时候发力
告诉你关于人生的某种真相

这里阳光普照

◎梅苔儿

房子朝向东南,坐落山谷,背靠山
山坡有苦楝树,松柏,杉树
树上多鸟窝。麻雀,斑鸠,乌鸦
哪一只鸟生了小鸟,哪一只鸟彻夜不归
老人们了如指掌

房屋前面一大块空坪，一排石凳
天晴，老人们在坪里晒太阳
他们有固定的位置
一个老人去见了上帝
她坐过的石凳空了一天
新来的老人成了石凳的主人

后山又新添一个小土包
一座主峰领着无数隆起的小峰
像领回无家可归的孩子
晒太阳的老人们，是一群移动的土包
傍晚，把落日穿在身上，朝青山
笨拙而安静地靠近

> 以上均选自《中国风诗刊》
> 总第13期"长沙诗人"专号

《中国诗影响》诗选

《中国诗影响》2016年3月创刊于山东济南,每年四期。创办者陈华,支持参与者桑恒昌、耿建华、马启代、东之、铄城、胭脂小马、小刚、焦淑斌。办刊理念:唯爱与诗歌,不可辜负;发现推出更多优秀的诗人和作品。2017年9月,在济南成功举办了"诗人印象"第一季诗集发布会及诗歌座谈朗诵交流会。

三重白（外一首）

◎铄城

第一重，是盐碱地
第二重，是芦花
第三重，是一场雪

三重之外
是我母亲的白发

黄　河

从巴颜喀拉山，至大海
一路放低自己
低进人间　低进泥沙
抬高的是河床
和活命的盐碱地

屈膝而行的河水
带走关节的疼痛
把苦难的命运
雕刻成金色的阳光

从巴颜喀拉山,至大海
站得高一点
看一条大河的柔软
纷纷倒下的,是草木,是众生的命

选自《中国诗影响》总第七期

想起一条河流的行程(外一首)

◎还叫悟空

它从巴颜喀拉山上流下来,巴颜喀拉山就不见了
它从龙羊峡流过,龙羊峡就不见了

它从恰卜恰流过,恰卜恰就不见了
它从哲耶寺下流过,哲耶寺就不见了

它从什乃亥草原流过,什乃亥草原就不见了
它漫过一个女人脚踝,那个女人就不见了

它奔向大海,即是万物奔向大海
有生之年,你我都不会看见它们回流

但是,我会想起八月二十七日的兰州
一块又一块金色的水流,缓缓地穿城而过

白胡子的回回坐在羊皮筏子上,大声吼着花儿

运河上的行脚僧

水还在流,却总赶不上
那些南下的运煤船
它们只需要一个发动机
就能拖起长长的一串
褐色的烟雾在船队上空展开
像一群行脚僧
从乡村的树荫下走过
他们一个个托着钵儿
行色匆匆,间或
有小孩子投出石子儿
也许他们力气太小了
竟无一命中目标
只是在和尚们脚下
扑簌簌的击起阵阵尘土

白（外一首）

◎焦淑斌

听说老家下雪了
我就开始想想那些白

落在枯草上的,是不是
像母亲的栀子花一样
如果苍鹭贴着水面起飞
海的心事就会浮上来

向着故乡眺望
父亲头上的白发正在火炉旁打盹

印　信

印章有信
每一刀都诚恳

第七刀我轻轻说声停
你,从七月里来
第十三刀深深刻
给日子种柳
二十一刀必须反复地打磨
四十九刀刻完一个名字

至于没说完的话
另寻方寸之地
篆心字,那天
你印了,我就信了

站 台

◎胭脂小马

十一月的一半是阳光
一半薄雾浓云
卷上珠帘,总不如
不如去站台,寂寞地送一个人

去送一个人,去想一场火
软禁所有光阴,偿还所有泪水
选择松子落地时
用黑发铺满了路
怀抱着光去送你

列车开往的地址是春风十里
是扬州路,是白蘋洲
是桐花去的地方
也是桐花风要去的地方

站台挤满了雨声
站台上的女人是透明的
害怕眼睛从心里掉下来
摔痛一个人的名字

桃花岛

◎陈华

当我写下这个名字
想起的
却是另一座同名的岛

那里的四月更加羞涩
溪涧里有漂白的云
草木尚有身份
院落的门从不上锁

那时各自年轻，各怀春色
遥远的炊烟迎接晚归
小路上相视一笑
心头便开满了桃花

以上选自《中国诗影响》总第六期

《月亮诗刊》诗选

《月亮诗刊》2013年8月创刊于湖南新化,创办人廖勇智。第十期为《月亮诗刊》最后一期。

钉子（外一首）

◎立雪

收了租金的城市，给了我一间
很小的平屋
我在屋外墙上，找到一根钉子

我把拔下钉子的力气，钉进屋里
用来钩住
娘缝制在帆布包里的叮咛

不知为何，我突然觉得我就是
这一根钉子
从故乡拔出，钉进了异乡

而拔出与钉进，钉子是不知道疼的
疼的是墙
就像我不知道疼，疼的是娘

鲜玉米

每一穗玉米，都显得非常年轻
穿一身

干净的衣服，走街串巷

它们坐的车，却明显地衰老
两个车轮
不停从骨子里，喊出疼

更显老的是用力移动车子的人
身上的筋络
被黑色的血液，一根根地鼓着

它们的步子缓慢，走走停停
生怕
一不留神，就售不出自己

枝丫间（外一首）

◎ 空格键

枝丫间的月亮格外大，格外亮，
像是快要疯掉。

像是谁故意放在那里的。
放在那里，被风吹得晃动着，
晃动着：一张倦怠的脸，
拥挤的老年斑……

深寂的夜晚,世界并不是一个好梦,
它有着削尖的孤独,以及
漫山遍野的、沉睡的冰凉陨石。

——我独自醒来,将一颗心
放在高高的枝丫间;我企盼那里
恰好有一个鸟巢。

隔着风中不断晃动的花朵

隔着风中不断晃动的花朵,
我看见了伤害———只锦鸡,在枪响之后,
它鲜艳的羽毛被夕阳点燃,在青翠的草丛中
独自燃烧。

我看见了死亡。它比墨绿的夜晚更早。
它是春天脸上不易察觉的
一丝笑容。风不可描述。

而不断晃动的花朵知道这个秘密,
它们把它公开在了暮晚的天空,那更加诡秘的霞彩里。

《短寸集》：当我老了（外二首）

◎ 野苏子

当我老了。我希望，
老屋的近处，会有几株巨大的老树。
栗树、核桃树，或是樟树。
我想，我需要——
一整片树荫将我照拂，
直到，天空和我恢复了友谊。

《短寸集》：幻灭

她觉得美。
当另一列地铁在近旁呼啸而过。
她看见，像她的女子，
站在屏蔽门一侧，
温习了爱的幻灭。

《短寸集》：圆

春日，去认识一株草，一头野兽，一条河流，
也比认识一个人来得有趣。

不用去认识更多人,
人是世上最相似的。

他们只是一个个挤坏了形状的圆。

流淌的男人（外一首）

◎薛省堂

河边站久了
以为这条河是我的

在落日的余晖中
我对着来往的世人落泪

一个人该多么的伤悲
才能拥有一条河。

雨中即景

雨下在它该下的地方,在山腰古老的庙宇上,
在芭蕉叶撑起的这把伞上。
生者洗着他的脸庞,墓碑洗着它的名字。

以上均选自《月亮诗刊》总第十期

《风》诗选

《风》2006年12月创刊于河南长垣,不定期出刊。创办者冯杰、徐向峰、麦冬等,主要参与者和支持者马新朝、邓万鹏、张鲜明、萍子,编委冯杰、徐向峰、西衙口、青青、琳子、沪上敦腾、琴匣、江野、宫白云、麦冬、雨浓、刘客白、那片云有雨、谷冰等,骨干作者蓝喉、成都锦瑟、孙启放、钱松子、小布头、范蓉、清歌、李树侠等。

同 里

◎琴匣

水波压着橹声,
过嘉荫堂、太平桥、耕乐堂。
落日如印戳,在鱼鹰眼里
缩成一粒地黄丸。
燕雀翻飞,抬来旧年的戏台。
祝兄还在不断告别梁兄
"你怀念的人其实只是一只只空椅子"
南园茶楼赭色的木楼梯上,
挤满了寡欢的一十八省青年。
桥畔,秋斩的水葫芦回旋,
像造反的举子,头颅一茬又一茬。
入夜,流水如马鬃,
对称而发亮。

比 干

◎西衙口

雪落下来。

醒心汤是一碗国民教育。
少女献出贞操,
大盗终于得手。
那剜心的幸福,叫你一马狂奔。

新乡城里。小贩们
一边接着银子,
一边吐着长长的白气。
雪落得紧。
把心扔掉,扔不掉埋掉。
没有比卖空心菜更傻的人了。

寂寞的结构（外一首）

◎沪上敦腾

一个人和他的影子合谋的时候,
寂寞可细分为几个层次:
冰,石头或者钻石。

万家灯火,不取其中一盏,
那些终生为稻粱谋的人,
正穿行在刀锋之上,清风祝福他们。

分出一生中的二十四小时读二十四史,

到中流击水；分出雪夜关门读禁书前的一秒钟，
关心邻居，气候，性工作者，和木星。

真正的寂寞不是流水，而是清泉不肯流入心灵；
正在发生的远远大于我们的经验，
但不包括："母亲是世上唯一不变的事物"。

车过木兰湖

九月的沉寂都装在碧波浩荡的湖光山色中
不漏掉一根针，一尾鱼
一只啼鸣的画眉所歌咏的全部事物

我也是被讴歌的一部分
在我的视野和经验之外，暗藏另一套山河
另一个朝代的诗人，也被清风吹拂的树影拍打、抚摸

生者和死者在此相聚，将智慧的预案提交旷野
每一座山峦都似曾相识，含情脉脉
这分明是时间遭遇了空间，瞬间呈现了永恒

在苦难与壮美的宽阔地带，莺飞草长
生死契合，神秘轮回。一件旧容器，几个新人物
天才至中晚年走向博学

当我和你在一起

◎青青

我喜欢过我自己,当我和你在一起
我是母鸡,是雌鹿,是一切生育过的动物
脾气更好,微笑更多
我喜欢你叫我果冻,冰酒,卡车和棉花
我喜欢你的头发,眼睛,屁股和长脖子
这些都是我制造出来,并在你身体上渐渐长大

我信任我自己,当我和你走在一起
我是月亮,是面包青菜、西瓜和米饭
更加柔软,更加香甜
我喜欢你拥抱我,呼唤我,埋怨我
我喜欢你的声音,微笑,气息和梦呓
这些都是我遗传给你,并长久地成为你和你的生命

我更加热爱自己,当我注视着你
我不要衰老,疾病,皱纹色斑和更年期
我要腰肢柔软,眼睛明亮
我愿意你永远喜爱我,热爱我,需要我
我喜欢你心底柔软,善良热心,有时还有一点倔脾气
这都是我的缺点,现在终于也成了你的

你一定无法想象,一个母亲的感觉

那样的忍耐与幸福

戴珍珠耳环的女孩

◎谷冰

蜻蜓担水，虚拟的江山何等平稳
如果天庭漏雨，只两滴
她须祭起，一湖荷塘里悬挂的清气

远山牵着她往断崖里走
我把夕阳拦住，去镶那副珠翠
她无意间的一个侧身，红楼就翻过了一页

她牵着铎铃在跑，跟一匹丝绸视频
那香饵跳进水里面钓鱼，溅起的波澜
是一个人无法安抚的酒韵

以上均选自《风》总第四期

《北京诗人》诗选

《北京诗人》2011年创刊于北京顺义,季刊。创办者木行之,主要参与支持者巴芒、梁永周、水滴、翠儿、杨超、杨歌等。《北京诗人》坚持"公益、艺术、独立"的办刊方针,坚持"诗歌是一门艺术"的底线。北京诗人论坛注册会员近九千人,先后举办了数十次诗赛等诗歌活动。

木匠（外二首）

◎雨后春笋

整个下午，他们都在对话
他用推刨每推一下
木头就开一朵小花
他低下头，身子伏在木板上
这辈子碰的钉子太多
他已经学会收起锋芒
一个木匠的世界里，只有长的，短的
方的，圆的。无论尘世多么弯曲
他的掌心，总有一把刚正不阿的尺子
一个木匠，一生都在组装
把破碎的日子装成门窗，桌子和椅子
桌子用来安放灵魂
椅子，养一个垂暮的老人

瓦 匠

他在砌墙，用一双沾满泥土的手
抹一缕花香，涂一滴鸟鸣
一堵墙欲从春天里站起
砌墙之前，要先下线

用一根白色的长线
引出根基里隐藏的猫腻
把那些歪的，斜的一一矫正
在尘世砌墙，要把腰杆子挺直
要能屈能伸，要在太阳下不断炙烤，锤炼
用钢筋，水泥，石子打磨
把棱角磨掉，把几辈子的穷气磨掉
把卑微的身躯，磨成一块瓦片
修补，漏洞百出的人间

铁　匠

火红旺。日子已到沸点
此刻，必须光着膀子，让激情燃烧
必须抡起铁锤用力敲打
一下，两下，三下……
身体里的河流涌动，喷薄成小溪
分别从额头，脊背，裤管，脚底流下来
人世间的喜怒哀乐，在溪流中涤荡
锤声昂扬，火星四射
贫穷，像一块废铁被打得尖叫
这些经过千锤百炼的疼痛，迫不及待蹦出来
开成一簇簇火苗
燎原了一个铁匠的春天

选自《北京诗人》总第 29 期

谁喊出忍夏（外一首）

◎翠儿

夜，一样的冗长。梅雨，不依不饶
小灯幽暗，户半掩。多数的时光就这样
成为废墟，深情不多，风花亦少得可怜
我被无聊的风，一再地叙述和虚构
时而悲观，时而热烈。想一个苦夏
就会引来很多个苦夏，当手中的秃笔
已挡不住身体的疲惫，身后一些迟暮的花草
枯枝上的小果实，能否把些轻松的句子
拼凑在一起，仿佛现实里的漏洞，精心
缝上的绿补丁，却不会对破败的日子有半句怨言
只是想着，遇见就是最好，没有缘故
谁喊出忍夏，就爱上谁

当局者迷

微雪，微光，微尘，她们尖利的痛
让我终于有了一丝快意
今日无大事，和昨天一样，和明天一样
西湖的水，继续被水爱着
太遥远了，面目模糊不清。小青继续
被她的紫竹林爱着

不该醒的,继续蒙头,抱着冬日正午的暖阳
我可以什么都不做,弃船,投岸,那时
我张弛有度,刚好得了一副好皮囊

一只鸟带来的黄昏(外一首)

◎于海棠

风轻了
麦子靠着风睡去
叶的影子落在石头上
无数叶的影子落在石头上
鸟裹紧翅膀
鸟用尖嘴摩擦空气发出私语
它的一只爪子向后掸去灰尘
另一只抱着黑暗
风声更轻了
下山的人陆续走远
我也打算回去

悲 伤

我的悲伤是一簇簇
割了又长的牛筋草。它时常跑出来
它会变成一只只会飞的虫子。

萦绕着你的影子哭
回忆像切割一个人的泪腺。
时常带着人往回跑
外婆家的大鹅整夜叫着,小脚的外婆
坐在屋檐上,被外公骂着
这个可恨的家伙欺负了外婆一辈子
我们烧纸,祭拜
期间花喜鹊穿过麦田,
我向你说着往事,但你不会出声
柳絮,花斑蛾熙攘着
人间慈爱
这值得活着的人间,
妈妈,如今我变成了盛年的你
在暮色的晚风中,
代替你
在这喜悦的人间活着。

以上选自《北京诗人》总第 28 期

《北湖诗刊》诗选

《北湖诗刊》2004年11月创刊于河南睢县,半年刊。主编徐泽昌,副主编津生木措、崔宝珠(翩然落梅),主要参与者王蕾、秋若尘、木易沉香、今今、班美茜、班琳丽、吴振海、刘郎、刘梦、姬稚、陈贵东、马东旭、秋水、刘旭阳等。办刊理念为关注现实生活,弘扬民族文化,展现诗坛风采,打造诗歌品牌。

痒（外一首）

◎刘郎

想起麦穗上的芒刺。有时候
不是意外，是故意的
麦穗钻进你的裤管里，那些芒刺
就是它的手和脚

当你走动，麦穗也会手脚并用顺着
裤管，往上爬。
很多年了，
那种痒是可以忍受的。

但你最终
还是会把它拿出来，在泡桐
或槐树，清凉的绿荫下

现在是在一个陌生的城市里，
你靠着记忆
从当年的裤管里，再一次把它拿出

树　枝

园林工用工具插着树枝在烧。
那些树枝，是他们
自小叶榕平静的树干上
取下来的。从三楼平台上
望过去，一排光秃秃的树干
依然是平静的，
像不再言语的墓碑

那些树枝完全是无用了，
现在只能烧掉
若是在乡下，还可以用来做饭
若是我的母亲看到，
一定会嘱咐我，把它们
拉到自家院子里去
但是现在，它们是完全无用了

但我还是要说
若是在乡下，你会发现
每一个院子里都堆有树枝
每一个灶台前都有一个忙碌的母亲

凌晨两点的音乐

◎崔宝珠

先是梦撤退的声音
马嘶、挽歌、旗子被风撕裂
然后是身体内部的
孩子轻轻叹息
耳畔的寂静磨擦着翅膀
一千只蟋蟀合奏
间或有遥远的
犬吠击打着鼓点
阁楼上一只玻璃球上下弹跳
一颗按捺不住的心悸动起来
远处有嘶声呼喊的电台
因为太远
只剩下隐约的喁喁私语
什么鸟在梦里噶的惊叫一声
又睡去了
夜猫子迈着轻靡的步子
走近我
把它的鼻息喷到我脸上来
它是侦察兵——
我知道
梦的大军在悄悄潜回

你听,弯月举起了她的
柔光的手
要为那些殉梦者演奏安魂曲了

时间之门

◎秋若尘

我知道
这一刻迟早来临
我们迟早,会被别的什么代替
这浩荡的尘世
铺满黄金
终会成为路人的欲望之所

我们迟早
会对自身产生更大的怀疑,直至厌倦
我知道这一天
我们不会说些什么
植物和鸟也不会说

白天和黑夜,已经无从区分
大地在膨胀,枝条在抽

以上均选自《北湖诗刊》总第 27 期

《四川诗歌》诗选

　　《四川诗歌》2015年3月创刊于四川成都,季刊。第二届编委会主编金指尖,副主编陈小平、郭毅、李斌、李明利,成员王学东、胡马、龙小龙、李清荷、雪峰、魏晓序、张雪萍。《四川诗歌》立足四川,面向全国,坚持"先锋、纯粹、多元"的办刊理念,以"传承四川诗歌精神、展示各地诗歌风采"为己任。

两只鸟（外一首）

◎张新泉

最爱看你们用嘴
相互挠痒痒
那么尽心，那么陶醉
接受和赠予
在阳光下，像两朵花
无论什么动物
身上总有些部位
是自己挠不着的
是痒得不明不白的
人类做得比你们差
所以有无关痛痒的说法

最爱看你们天寒时
用细语娓娓交谈
头挨头说话的神态
让我也觉得暖和
仅有羽毛是不够的
缺乏交流的人类
冬衣越来越多
一堆火远不如你们
挨在一起的样子好看

寒风只会吹一种口哨
而你们是
想说什么就说什么

骨子里的东西

这种东西
不太好说
因为深及骨髓
关系骨头的名誉
我们就常常
轻描淡写

但我们的确
清楚这种东西
在行为和嘴的
开合之间
我们目睹过
这种东西
它是一种核
真实地散发
某种气味
让我们看清了
人与人，如此地千差万别

有疟疾长驻的骨头
就有寒暑变幻的脸

而一些总也洗不干净的手
直接与骨头相关……
明白这一点
许多惊骇
就有了答案

我们景仰的
美德和品性
也住在206块骨头里
与之相逢
是我们的福分
它们阳光一般
使生命神清气爽
气宇轩昂

秋夜无痕

◎ 李永才

今夜，那些狼群一样的清辉
在桌面上奔跑
谁能阻止，一只乌鸦
在月光下悲鸣，如蓬然的蓑草
让一树桂花，在夜色中燃烧

那高挂红楼的秋果，几分醉意

仿佛亲人的问候:
林间有秋蝉,天边有暖云
独守边野,别忘了
把家乡的柿子,怀揣几只

今夜,我不谈论边关和列车
不谈论寒霜和刀子
我只关心那些激动的鱼类
水草和白色恋人
他们是怎样闯进,桑菲尔德庄园
没有人猜想,月光的脚印
如何落在恋人的红唇?

今夜,一大片秋天,躲进你的袖口
像是一些多情的细节
在琴弦上杀伐
指间缠绕的小鹿,在我的内心战栗
秋雨纷纷如乱世,几朵向日葵
像快要消失的真理
在雨中,突然闪烁一些鲜活

　　　　　　以上均选自《四川诗歌》总第 9 期

《打工诗人》诗选

《打工诗人》2001年5月创刊于广东惠州,季刊。创办人徐非、许强、罗德远、任明友,编委罗德远、徐非、任明友、黄吉文、李笙歌、刘洪希、郭杰广、何珠国、古申元、陈少华。办刊宗旨:为草根立传,为底层代言;办刊理念:坚持民间立场,关注底层生态。

架子工（外一首）

◎ 迎客松

他们身怀绝技
人人都会赶钢管上架

会指认空中的云朵
喊出自己的故乡

一群中规中矩的人
横平竖直，把城市升向高处

落地之后
他们就是失去武功的人

茫茫然，苟且于杯盏
酒正酣时，摔出一声唱腔

木　工

他有用不完的钉子
每天摸出一打
东一颗，西一颗

南一颗，北一颗

他有一把锋利的电锯
一寸光阴一寸金
时光尖叫，落成碎屑

他最后的杰作
在一截木头上
盖棺钉论

板凳兄弟

◎万传芳

我要感谢你，板凳兄弟
在这漫长的一段两段或是许多段旅程
我俩如左手与右手如左脚与右脚
如牙齿与舌头如心与肺
我俩奔走在路上，或者
在拥挤的绿皮红皮蓝皮火车厢里
你驮着我，或者
我扛着你
我们从未分离
我的板凳，我早已把你当成我的
亲兄弟
有时，我同你一样矮

有时,你同我一样高
无论高与矮,我们都是不可分离的
兄弟
——亲兄弟

行走异乡的冬小麦

◎刘洪希

一株株冬小麦　呱呱落地的时间
恰巧选在草木枯黄的深秋
此后　她们将经历些什么
或许　许许多多的人并不知道
尤其是那些不谙农事的城市人

雪。在冬小麦的一生中
我不能不提到这个词
她的厚度　是压力和寒冷的厚度
也是温暖和动力的厚度

雪融之时　被禁锢的黑色日子戛然而止
蓝天白云熏风之下
她们努力地向上
长到父老乡亲肩膀一样的高度
长成一支倒扣的箭的样子

她想抓紧大地　但镰刀的光芒
砍倒了她的梦想
命运　让她和我一样远走他乡

如今　面对土地和故乡
她也只能和我一样
夜夜怀想

城市·乡村·铁

◎陈少华

我闻到了真实铁锈的味道
城市深处生长着铁，藏匿着铁
疯狂的节奏把铁融入了空气
什么时候，我心中开始跳动
铁，还会如水一样温柔
不会裸露一些性格，还有沉重
压住一些呼吸，急促

对于铁，我相信城市之外的乡村
正在生锈，或者消失
镰刀，锄头，铁镐，犁铧
……原来铮亮，却渐渐暗淡
父亲哭了，母亲哭了，姐姐嫁入城市
他们拥有的铁太少，庄稼也少种

他们还在乡村守候着最后一寸铁
不忍离开

因为铁,我从乡村进入了城市
从一个城市再到另一个城市
努力寻找一些剩余铁屑,划伤自己
血,覆盖着铁,包围着铁,氧化,腐蚀
如田鼠,山鸡,野兔咀嚼着庄稼
也许,忘记了生存的疼痛与危险
铁与血一样红时,有一团火焰在燃烧
我看见恐慌,在使劲地摇晃

以上均选自《打工诗人》总第 31 期

《未然》诗选

《未然》2016年1月创刊于湖北老河口,年刊。主编郱碧辉,主要参与者刘晓蓓、赵庆文、陌峪、李默、汪建国、乔天正等。《未然》刊名取自老河口著名诗人光未然(张光年)的"未然"二字,是老河口诗歌朗诵协会创办的会刊。《未然》立足汉水、长江流域,面向全国,重点培养本土诗人,加强同外地交流,先后组织开展了多次采风、朗诵、诗歌研讨等活动。

小场景

◎ 刘晓蓓

始终无法从记忆删除的是
我上班必须经过一个铁路道口
像火车必须在轨道上行驶
一样。春节正一天天临近

连续一个星期,道口边蹲着的
老人,保持一尊雕塑的样子
或许卑微,头发和胡子比他面前鸡
身上的毛还要零乱

那些鸡被一条绳子捆绑了双脚
一扫在乡野的威风。冬天的阳光照在鸡毛上
折射的光芒使我某根神经颤抖了一下
像童年遭遇的一次蜂针

某一个黄昏,有落雪的先兆
老人背对着风点燃一支烟
仿佛点燃了西北风的粗野,和一个人的苍凉

一列火车背负着自己沉重的呼吸
像一道闪电。老人视而不见

他默默吞吐的烟雾,在安抚
铁轨内心的创伤?

再次书写沉默

◎冰马

三十年前,沉默就被书写过
那时还不流行叙事

沉默本就不是个段子手
诗人写道:"黑雨打芭蕉"
他用了个隐喻,其实只是想说
水泥厂和煤电厂散发着弥天粉尘
他接着写:"我戴上白手套"
用完这个修辞,全诗便戛然而止

他一生有搽不尽的黑灰
那堆在眼角的叫眼屎
落在脸上的,叫皮屑
藏在心里的那些
直到今天,依然藏在心底

撒母耳

◎ 张洁

其实答案早就有了
我不是寻找答案来的，我来
单单为了，亲自推演一个过程

侄儿拉着我的手，一迭连声地问：
二姑，到了吗，到了吗
我答：到了，又还没有到
他只是稍微一愣：
我知道，就是到在没到里没到在到里对吗

他叫撒母耳，才七岁半

上述问题是在相对平坦的路段提出的
当我们在河床古老的巨石阵艰难爬行时
当我们在漆黑的洞穴中摸索着寻找另一个出口
脚在看不见的坑洼连连打滑时
（我们无暇根据不断下落的水滴
判断洞顶与头顶之间的距离）
当我们终于走出天坑复又下到另一个深谷
几经迷途之后站在一线天的粗陋木梯下面时
在大人们问题成堆的地方
我七岁半的侄儿，坚定得就像一个真理

墓志铭

◎ 陌峪

最后一首合唱
没喝完的半瓶可乐
甚至
被晚风推倒的怀抱
一切都是因为失去了重心
因为孤独
因为来历不明的一些词语

我唱过一首歌
只有你知道
在海边。我们放弃自身的脚趾
放弃贪婪的
藏匿世界之巅的
阴暗的念头

是的。天生如此
人类之手的复仇
或者。女孩的发带
它们是干净的
像我的私物，和北方

此 生

◎青蓝格格

此生,只有一个男人让我怀孕
我还记得发现自己怀孕时
我悦耳的尖叫声……
那尖叫声啊,就像泉水叮咚
那尖叫声,禁不起衰老,就像我迷人的眼睛
此生,我只有一个孩子
我一直铭记她,呱呱坠地时刺耳的哭声
那一刻,我幻想
终于有什么熟透了……仿佛
之前,除了我一个人,从未有另一个人诞生
此生,我用节制的觉醒崩溃过
此生,我将苍苍碧色深深掩埋在草莽之中
此生,我也有良田
但我从未理会它是郁郁葱葱还是寸草不生
此生,我深知但我
始终未知的此生啊
我挥霍了你,你却从未将我当成忘恩负义之人
此生哦此生,就让我再次成为
你的孩子吧……
当我想长眠的时候,你要记得轻轻将我唤醒……

以上均选自《未然》总第三期

《白天鹅诗刊》 诗选

《白天鹅诗刊》2013年4月创刊于沈阳,双月刊。创办者胡世远,主要参与者刘川、李一泰、沈锦绣。《白天鹅诗刊》热忱服务于全国各地的基层诗人和广大诗歌爱好者,愿意为执着向上且有探索精神的诗作提供一个展示的平台。办刊理念为好诗在民间,致力于发现好诗人,推广好诗歌。

在城墙下避雨（外一首）

◎梁振林

感谢一场大雨，让我紧紧地背靠城墙，心脏跟一块砖一同跳动。
感谢水淋淋的山风，刚烈不阿，让我的骨节有割裂的剧疼。

感谢压顶的乌云，让我心里，有一万匹战马嘶鸣。
感谢这个早晨，让我如一具抛尸荒野的骨骸，瞬间被冲刷出来。

我还在树荫下

我还在树荫下。一场骤雨走得
跟来时一样快

我还在树荫下。我认为这场雨从未来过
但风变凉了，尽管还没吹干我湿漉漉的头发
"我给了他我的肉体，他还要我的灵魂"
现在我一无所有，只剩下虚幻的影子

在树荫下与其他的影子混在一起
像督军府里一个等候命令的传令兵

寒露帖（外一首）

◎ 芷妍

寒露节气雨下一天，傍晚才停
折叠火焰的季节
天空一步步向深处退缩
白玉兰树站着，早已过了花期，落了一半叶子
像暮年的人落了头发，簪子和珏
落在路旁，夜里，雨中，随处可见的眼睛里
花店玻璃窗里灯光明亮
旁边是烘培店有奶香
红绿灯，车灯，路灯浸泡着人脸
浓稠黑夜里看似都是良善清白之心
人们走着，站着，看着，睁着眼睛，又呼又吸
这是在蜜中酿蜜
到了中年，走了一半，却没有剩下一半的余地

沙　漏

北方初春深夜
互道晚安的人如浓墨入水
昨日一天天站起来
山坡上花已开过，云也经过

不回头，它们弥漫在我背后
一回头
墓门打开瞬间，织锦如烟而散
剩下游丝一样柔软的骨架

风声一直裸露
生命都是这世上活泼的沙漏

以上选自《白天鹅诗刊》2018 年第 3 期

一个人到山上走走（外一首）

◎王文军

一条荒废的野径
众鸟飞尽，流云孤闲
一场盛大的绿
隐藏起她的来龙去脉

山弯的凹处
渗出一泓清澈的泉
像一面透视的镜子
使我看清一座山的
宽容与隐忍

杂草漫过荒冢

麻雀，或者乌鸦
还有一些说不出名字的鸟
落在字迹斑驳的墓碑上
把天光聒噪得慢慢
暗下来

野径一头扎进草丛
惊起无数的鸟鸣、花香
留下我一个人
愣愣地站在那里
不能鸣叫，也不能开花

散　步

一条三四米宽的水泥路
将一片槐树和墓地
隔开，走过这条路的人
有的走进墓地
有的走向远方

另一侧的槐树林
目睹这一切
它们不说，它们
给活着的人
和死去的人
同样的荫蔽与安静

走在这条路上
我的脚步是轻的、慢的
不时有鸟儿
从树林飞往墓地
也从墓地飞往树林
就像在串亲戚

在这里
我反倒成了局外人

雾凇（外一首）

◎胡世远

我不能直接告诉母亲
这是雾凇
也叫树挂
母亲在南方的乡下
她从来没见过

我只能对母亲说
沈阳昨天又下雪了
你看这树枝
多么好看

母亲笑了

那笑声里分明有
乳白色的语辞：
送来久远的眺望

掉头发

掉头发的这会儿
我想起母亲。她的头发
越来越少，一顶帽子
似乎在遮掩什么

拍全家福时，她突然
摘下帽子
我听见寂静的
声音

那些年我们用小手
抚摸过的柔软
仿佛把欠给光阴的
都还上了

只有我
还在慢吞吞地生活
落下来的黄昏
变作风
一个劲地摇晃

以上选自《白天鹅诗刊》2018 年第 1 期

《先锋诗报》诗选

《先锋诗报》1989年9月创刊于江苏南京,年刊。创办人晓川、黄梵、岩鹰,代表诗人晓川、巴城、龚学明、麦阁、育邦、邹赴晓、马端刚等。办刊理念:在继续保持中国诗歌前卫性质的同时,更好地关注当下诗歌写作的基本事实和优秀诗人的近期写作状态。

对一只鹰的命名
——给岩鹰

◎晓川

一片羽毛　加上一阵
寒风　再加上一块
坚硬的岩石,等于一只鹰

一只鹰,蜷缩着翅膀
屹立于山崖
正像一块饥饿的石头

面对残月,山崖上的鹰
以孤独的方式
表达一种生命

在远离人类的地方
鹰　独自地塑造着一切
仿佛为倾听更遥远的声音

往往带着伤和悬念
鹰　抖动着翅膀
腾空直上

有时，我会听到
不规则的喘息
那是鹰和我共同的恐惧

蓝天与斑驳的血迹
时时穿插于山崖间的兽性
都在有力地向我们展示

鹰　依旧立于岩石
一动不动
这是我所无法领悟的某种信息

恰如一次重要会议的缺席者
我对一只鹰的命名
已显得太迟

担　忧

◎ 巴城

必须要有一口好的牙齿
排列整齐，洁白如瓷，咬合有力
面对打不过的敌人，也要咬上一口
就像是——
泰森咬掉霍利菲尔德的一块耳朵

必须要有一口好的牙齿，去咀嚼
生活中遇到的每一块硬骨头

可是，我曾经锃亮的生命
开始锈迹斑斑
我的牙齿，有的脱落
有的正在被慢慢龋空
估计，到黄昏的时候，我只剩下
一个巨大的黑洞

我开始担忧，未来还有那么长
我该怎样去咀嚼

风中的广玉兰

◎龚学明

广玉兰在风中摇曳
人世的日子不停地携着它晃动
向左或向右
并不能自持

广玉兰是谁家的孩子
在清晨守候在我的心里
物化的过程
有洁白的面孔，和哀伤的冲动

从无到有，影子移动
看得见的热闹胜过看不见的
孤独。
我在一朵迟开的花上
读到爱情

允许我以诗人的名义敲门
我是生活的不速之客
贪恋肥厚的叶片和饱满的
眼泪。——不要学风
风要吹走广玉兰的脸。

对于我

◎麦阁

和爱情同样——
远古汉字的诞生多么迷人
你不得而知，究竟
她们是从天地或人心的哪条缝隙汩汩而来
神秘，威慑，浸染生命灵魂……

在这个人世
对于我
——她们是不见源头、让人信服守望的真理

是毫无疑问让人静默无言的美……

水上森林

◎ 育邦

春天摧毁了大地的防线
一种古老的幻灭
将忧郁发展成充盈的花朵
在月亮缺席的时空中
成为存在的明灯

黑夜是沉默的帝国
丰饶，确凿
水杉林、二月兰和四溢的水道
摒弃由来已久的偏见
在黑暗的庇护下
相互滋长，相互融合

白鹭在黑暗中飞翔
星辰一直追随其后
废黜阳光下的阴影
他拥有一个完整的自我
——即便那么小，那么微不足道
粗鄙的光芒一一褪去
失败的时刻悄然降临

他获取那份属于他自己的自由
凭借越来越深重的黑暗
他喂养着卑小而又独立的自我
也许,他渴求的是
一种毁灭

像每一个正常的人一样

◎邹赴晓

像左邻右舍,像周吴郑王
像一旦调校完毕就快速售出的国产轿车
像国产轿车携带着自己的小毛病奔命在各种道路上
道路如河流,车如过江之鲫
逝者如斯夫!

像一个少年那样洁白而粗糙
像一个青年那样希望和迷茫
像一个中年那样冷暖自知,面带微笑
也将像一个老年那样散步,打拳,延缓生命的句号
像车间轨道上的铁质模具里曾经滋滋冒烟的铅块
人之初,性本善

像人子,像人夫,像人父
像勉为其难的经理
像忍辱负重的伙伴

像虚火乱窜的房奴
像悄悄心疼的病汉
像倒头就睡的酒鬼
始终把自己控制得很好

像人群中每一个沉默不语的人一样
我佛慈悲,这些年,一切正常

以上均选自《先锋诗报》总第 17 期

《后花园诗刊》诗选

《后花园诗刊》2017年9月创刊于江西新余,年刊。创办人李佩文、龚杰、何海波,主编李佩文。办刊理念为挖掘新余原创诗歌,发现培育新余诗人,推动新余诗歌事业繁荣。《后花园诗刊》依托刊物阵地,创办微刊和诗歌微信群,开展每月同题诗会、季度擂台赛、年度诗人评选等活动,举办"后花园杯"诗歌大奖赛,邀请《人民文学》《诗刊》《诗选刊》等名刊编辑举办诗歌讲座。

位置（外一首）

◎白海

多不容易啊，费尽周折
弄来一张车票。可我
一直为占据一个位置感到羞愧

那么多眼神、汗渍、老人等在周遭
他们两脚悬空，挤出人满为患的世界
那么多芒刺投向我。感觉是一只
被公平的戒尺缚于铁笼的鸵鸟

旅途的人们从遥远的夜里奔来
腰已酸，腿发软，两眼灌满了沙子
他们的疲乏没有倚靠，而我
一具劣质皮囊，何以养尊处优

你再看，仍有人心猿意马
将眼睛抛出窗外。车厢的冷暖似乎
与他无关，体内的冰山
还像去年冬天那样，坚硬得不可一世

归　途

高处不胜寒吗
万米高空的人,有一对铁质的
翅膀。螺旋桨比脑子转得快
一个指令,就能一飞冲天

零下39℃的天空与烈日至亲
与大地至远,亲人和草木必须昂首
有煦煦暖阳笼身,你
必须汗出沾背

东风与颂词甩在身后
霞光西沉,瘦成几道嶙峋臂膀
片片薄云犹如谎言,在
摇摇晃晃的仙界,不堪承重

你不再俯瞰舷窗外的灿然
只求快速落地,不被尘埃击中
乘千迈神速——
穿越八百里回乡的路

点燃一支香烟（外一首）

◎ 何海波

从岁月的长河里切下一段
叼在嘴里
让浓烈的火焰点燃冰冷的记忆
我听到你在我的内心深处
哭得死去活来

月亮突然收回投向远方的似水柔情
不知道躲到哪里去了
我坐在没有虫鸣的夜幕上
借助一支香烟的微光
找寻失散多年的黎明

夜　钓

坐在银河岸边
月亮做我的钓箱
满天的星星是等我千年的粉丝

手握清风甘露锻造的鱼竿
轻轻一甩，流星一样

把天空划出一道深深的口子
我的希冀,是一道
带着漂亮弧线的闪电
深深扎进茫茫太空的心脏

我相信,过不了多久
我就能轻松钓起
一轮崭新的太阳

夏荷(外一首)

◎刘春梅

纯白在粉红里行走
生命在不可忍受的燥热里轻行
那是灵魂越过了躯体
变成水边一朵荷花
用手捧着它
就像捧着余生
那么好看,那么易逝

我愿我会凌波微步
一生水上踏浪
你爱我时,我是举着的荷花
你不爱我时,我是浮在水上的荷叶
心中始终怀揣一股清泉

不是滋养你
就是清洗我自己

我爱你

爱像一口枯井
落叶不断往里掉
往下掉的还有月光，星子
你我曾经好看的脸庞

如果我们还要继续相爱
就要有一颗赴死的心
承受光阴慢慢拿走我们心中的爱意
拿走我们的激情
拿走我们的记忆
我们只能用微弱的气息
像落叶一样依偎在一起
爱到没有眼泪
没有力气
甚至变得恍惚
忘了我们曾经爱过彼此

但，我还是想在清醒之时
告诉你，我爱你
以及爱你时我好看过的模样

以上均选自《后花园诗刊》2018年卷

《轨道诗刊》诗选

《轨道诗刊》1999年8月创刊于甘肃岷县，起初为诗报，2009年起改报为刊，一年四期，从2011年起，改为半年刊。主编孙立本，主要成员郑文艺、潘硕珍、景晓钟、高耀庭、李广平、包文平、雷撞平、海郁、李强、杜振中等。办刊宗旨为立足岷县，放眼全国；先锋性、多元性、地域性；以内容的宁静和精神的自省，传承现代汉诗的基本精神；探索现代汉诗的精神书写，展示各路精英的诗歌力作，培养本地诗歌新人；提升诗歌受众的审美意识和情趣，关注弱势群体的生存境况，积极生活，热爱生活。

高原秋晚

◎包文平

当太阳落下，人间的光亮被次第收回
唯有燃烧的云霞，像金黄的狮子
——怒吼。

老阿妈捆束的青稞堆像一座小乘寺院
紫色青稞，绿色青稞，一粒粒舍利
在芒尖上打坐。

高原秋晚
几株撑起天地的野草，铁骨铮铮
对抗着碾压下来的昏暗，像最后的英雄

——像英雄死去之后
戳出脊梁的几根骨头，撑起
这人间的黄昏……

你是我模糊的地名

◎海郁

岁月隐去真实
你是我留在世间的一个地名
你在你的城堡复加偏旁
我在我的街道颠沛流离
黑白间粘合的部分是大段大段
梦境,你在不停拆卸情节
我在不断组装分离。铺排的
光阴依次倒下,那全是静音中的
壮烈牺牲。我们形如槁木
从一个驿站被运抵
另一个驿站。同在人间
却在恍惚的幻觉中,为彼此的
消遁和迷失,痛哭失声

有时雪是被混淆的尘埃

◎孙立本

有时雪是开在心中的梅花,值得耗尽

一整个冬天去爱

有时雪是七彩的氆氇,太阳升起
雪会像雪一样闪闪发光

有时雪是落进大地眼眶的沙子,一夜大风
就会被吹得干干净净

有时雪是流浪的夜行者,当他的孤独
仿佛鸟唳一丝丝渗透进梦中

有时雪是结晶的雨或半融的冰,堆积在
暗藏月光与白银的人间

有时雪是被混淆的尘埃,隐身在更多雪中
不让人看到它们内心的肮脏

昨夜雨声

◎ 蒲永天

雨从梦中落下,声音断断续续
忽而清晰,忽而模糊
我的睡眠如清浅的河水
哗哗回应着
我摸着石头过河,等待天明

那石头在雨夜中,发出声响
一声声,那么响亮
那么多事物在歌唱

我听见你不断抛出的咳嗽声
深沉有力,直达我的河床
搅得泥沙翻腾

昨夜雨声,我的心间
是一条泥沙俱下的河流

我爱这清冷月色朦胧里的未知

◎泥文

清冷的月色当空握住半个夜色
问一些没有答案或者难有答案的问题
远与近,标尺除了随自我的意识
还有一个潜移默化的规则,有的浅显
有的就藏在清冷月色的林丛
如夜虫值班,偶尔清醒时唧唧三两声
告知我,一个无知的方程
在我驻足或者经过的路途里
说着美好,美好无可相依
说着无路可走路在前方生了众多触须

你在倾力谱写无知的解
如我爱这清冷月色朦胧里的未知
总嫌目力无能为力
总喜独自藏匿在清冷里
动荡，沉思。渴盼，焦躁。爱无所及

在清晨我写下虚无

◎辰水

在清晨，我描绘过风，还有
在风中冻得瑟瑟发抖的拾荒人
他们是最勤劳又卑微的群体
连打工仔都对他们扔下不屑的眼光
从深夜里醒来的城市街道
此刻一片狼藉
昨夜的欲望与骚动还残留在体内
还有荷尔蒙，还有三聚氰胺，还有苏丹红
时间又是新的一日

他们说停也停不下来
像无法操控的高速列车
像政府越调控越高的楼价
在这样一个旭日东升的清晨
我徒步穿越城市的广场
为一天里即将开始的工作感到羞愧

就这样走着走着
被生活的洪流冲洗成细小的沙粒

擦　枪

◎郑文艺

每打一次靶
就要擦枪

每打一次靶
枪就会怀念曾经压进膛里的那颗子弹

每打一次靶
枪就会怀念一次次射中的靶子

每打一次靶
枪就会怀念帮它扣扳机的那根手指

每打一次靶
就要擦枪

枪不能有任何怀念的东西
枪的任何一丁点私情都会影响它准确的判断力

以上均选自《轨道诗刊》2018年上半年卷

《园山》诗选

《园山》2017年12月创刊于深圳龙岗,季刊。创办人曾宪旺、桂军昌、张梦珍,主编沈云刚,代表诗人黄惠波、李晃、蒋小平、王柏霜、包国军、罗忠喜、罗益葵等。

玻璃琴（外一首）

◎王柏霜

从哪里知道这个词？
它玻璃般锃亮，像一只可供乞讨
或供奉的瓷碗，里面盛满声音。

——何止是声音，
更多的是绵密而伤感的音乐在回荡。

而我只知道这样的词：
如果把它发出的声响用于招魂，
那些悲伤的、透明的魂魄，
会不会沿着生前的道路寻觅而来？
用它们迷惘的双眼注视人世，
——那个它们曾经住过的空间，
注满了新生的音乐旋律，
它们只与明亮的玻璃一毫之隔。

我们活在这边，它们在那边。
凝望着彼此的生活，柔软而着迷。

《园山》诗选

观雪图

在凋萎的冬季，我眼见一场酝酿中的雪
消融于黑暗升起的温度
一只白鹭掠过，结冰的湖水裂开
犹如那个女人掀开了她藕色的旗袍
月亮比深渊更加苍白

我看到纸上的雪却如二十年前一样
黄昏时应该有一场真正的雪下在发际线之下
眼前似雾似霾
众事物有些分不清层次，分明有另外的硬伤
从内部析出

我离最近的雪隔着雪峰
我要上山去摘取犯错的牡丹开在三月的花蕊
它们集合在红色的宫柳周围
像一场守不住球门的比赛
让一场风无孔不入地吹走堆积经年的雪

更多的雪在远方。包括腊梅孕育着血色黄昏
我见到被阳光催开的樱花
鸟儿像踩雪一样跳在十字枝头
它们啃食着雪花一样的花芯，比时间贪婪

选自《园山》创刊号

从河滩望去（外一首）

◎王琪

夜色渐浓，从山岗走下的牧者
被十月，拦腰拢进怀抱
他无视于疾风，落日，羊群
在一片苍茫中
把自己渐次打开

荒凉之气漫向河滩
高过一棵枫树、半盏青灯
就停落在一处少有人来的洼地上
风调雨顺的年份
他的愁苦，多于欢乐

村落陷入沉静
他环顾四周，怅然若失
却无法避开
时光带来的伤害，与日俱增

那些熟悉的亲人
出现在他梦中，来回走动
不曾停止

他们是在走向我
走向我的步履多轻
轻过秋天无人的河滩
轻过一个人渺茫的一生

湖边生活

该走的,走了
该睡眠的,早已入梦
我想问,湖面上
恍惚不止的是什么

有没有荆棘丛生
有没有翠鸟与孤月
——遇上忧伤,就不再经过

光从暗处发出,细碎,温暖
一些忘记时间的树木
等待远处飘来
那支安魂的小夜曲

四处若不苍茫
你就无法不安宁、退隐
那一年,你的亲人
也就无法不从身边——叛离

卧佛岭多幽静

令中心的湖水安详万分
你此前拥有的陈梦
现在,正被这浓厚的夜色
安抚并珍藏

立春(外二首)

◎卞云飞

把风雪、夜,炖在冷火上。
——从立冬到立春,足有一个世纪。

熬呀,熬到雨滴入水,涟漪复潋滟。
熬到鸟鸣撬动冰峰,灰斑鸠去凋敝枝头
旁若无人地交欢。

火在火中复辟,兽在笼中切齿。
——所有预言即将回归。

悲悯来自巨大的落日

冬至将至,日子短得像火柴。
出门右拐,浑身的血液
仿佛都在通过一条高速公路
向它方向涌——

整个天边瞬间沦为红色的海。
它这是要带走人间多少美丽的忧伤？
悲悯之人，无不为它驻足，
眼噙泪水。

两分钟，或许只需两分钟。
它带着一个用过的世界沉了下去。

叶落有声

那个说叶落无声的人，要么是距它们
太远，要么并非真心关注它们。
风把它们从三月的清晨，推向
十月的黄昏。沙沙沙、哒哒哒……
它们要在飘零的时刻，以一场集体舞
去欢送生命的谢幕。
它们踏着，跳着，旋转着，唱着沙哑的歌
奔向草丛，奔向坚硬而陌生的路面。
几位晨练的老人，从它们要去的方向
走过……

以上选自《园山》2018年春季号

虚构的远行

◎ 法卡山

其实,您一直坐在燕子山的老屋
以炊烟写诗。酒是黄昏时归乡的小路
母亲举着火把找寻发烫的乡音
时间无言,秋蝉的喉咙开始长苔

在燕子山,我请求雨水与我一起恸哭
请求端午的诗神重返人世的青砖瓦屋
在春天,播种稻子、石榴,以及
子规的啼鸣。在秋天,坐在牛背上
诵读耒水的晚霞与秋风

但今天,我木讷无言,如悲痛的火山
打开诗篇,抱紧漂木上之天涯美学
以及雨水、落叶、泪滴,与香火
在这个阔大的春天,天地彻底衰老
而您那雪的名字,将在诗神的族谱上
亘古不化

选自《园山》2018 年夏季号

《走火》诗选

《走火》2014年创刊于贵州，已出版4期，每年不定期举办1-2期沙龙。主要成员李晁、钱磊、罗逢春、罗霄山、冰木草、顾潇、郑瞳、蒋在、杨长江等。《走火》秉持文学现场、青年阵地的理念，立足贵州，面向全国，以诗为主，兼顾其他文体。

家（外一首）

◎捕马

在暮色中我回到从前的家，
这是一所孤独向后行走的房子。
我追不上它，
我喊不出声。
我看见我的父母亲虚体地存在，
父亲的额头上长着一棵果树，
母亲痛苦地摘下果子。
"我们的孩子，他已成了一阵黑色烟雾，
一阵黑色的烟雾。"

我　们

我们无人。
我们有一个坟墓。
我们就这样挽手走着，
我们写：
这活着的日子的心和所能使用到的
风景。
仿佛一个裂开的盒子，
我们之间会有一个人历经辩解及泪水的磨难

——我们没有。
我们没有将来。
我们苦于寻求给孩子医治眼睛的钱。
在那些尚未清晰的
尚未彼此触及的
像你说"我郁闷、感到孤独"一样自然的
我们。

低等生活

◎袁永苹

她享受着她人生欢乐的时辰,在这城市的月光下挥霍——
与丈夫喝喝酒,寂寞地生活在一条低等的老街上。
那里妓女、出租车司机、掮客、保险推销员
都在那间下流的小饭馆里"吸溜吸溜"喝着稀粥。
她也曾想活得高贵,自她从一个三流大学攻读完硕士学位
做过小记者、三流杂志编辑和晚间电视节目主持人
但现在,下沉是她选择的唯一方向(或者
她根本就没有选择。)"走进新时代"
"到祖国最需要的地方去"或者"青春无限极"!
她心想:没有那种"美好而且高贵的生活"
让我们荡起前胸或者露出臀部,侍候官员
学会为人处世、厚黑学、讨人欢心。
现在对她来说,唯一要紧的就是如何避免
在没有存款的时候怀孕,或者

——像曾经多么热烈拥抱这低等的美好生活。

我们短暂的友谊并非诞生于永恒的石头

◎罗逢春

粗粝的黑夜磨亮天空中最低的石头
让思念的光芒冷冷地升起
蟋蟀在东壁催促时间的织布机运转得更快一些
天空像一棵巨大的橘树，金黄的果子就要掉落
在一把转动的勺子里人们看出了节令
白露在日渐枯黄的草叶上，映照黑夜深沉的反光
蝉开始在每一棵树上高声宣读秋天的遗嘱
而燕子剪断了和此地的联系，带着它黑色的剪刀逃逸

昔日的同窗好友剪断了友谊
如今变成了鸟人，自如地开垦天空
遗弃我，就像鞋子遗弃脚印
行人遗弃他身后的路
他要摘南天的箕星去盛放他的粮食吗
还是要取北斗舀他新熟的酒
他要让牛星上轭拉车吗
那就随他去吧，天上的朋友
我知道我们短暂的友谊并非诞生于永恒的石头

来自北太平洋的风

◎ 卓美辉

来自北太平洋的风
带来的抚慰
一如既往。这小小的灾难
令人猜不透

为什么？她
必须连夜赶到
探究一个人
身体的危机和奥秘

今夜，一个人
忍不住要敞开
终年紧闭的北窗；敞开
群山不再潜伏

她摸索着，南方的脊背
仿佛几千里的奔赴
只为了，制造一场
超标的援助

"时而炽热，时而
冰凉。"她同样猜不透

这岛屿般的身体
还能被灌入，多少的海水

草青青

◎ 熊生庆

春天不会过去
夏日田野里那么多的桔梗
不会枯萎。纷纷生长的渴望
被我写进你的小名
舌苔卷动鲜嫩的草汁
依然战栗，这唇语散发幽秘香气
雨水会在涨潮前送来船只
你把风暴中的时令转换
揣着愉悦，载我上岸
歌声不曾留意这些液体已渗入时辰

以上均选自《走火》总第四期

《陇南青年文学》诗选

《陇南青年文学》2018年创刊于甘肃陇南,主编顾彼曦,顾问赵文博、毛树林、小米、包苞、蝈蝈,主要成员朱旭东、孙思遥、夏沫、王富朝等。创刊以来,成功举办"康县诗会"、"天池诗会"、"草原诗会"、"同谷诗会"、"高山草原诗会"等采风活动,在陇南范围内产生了较大影响。《陇南青年文学》将进一步加强陇南八县一区文学创作的交流与联系,不断推进陇南青年文学的持续发展。

大雪夜看雪（外一首）

◎包苞

雪花飘落，我怎能忍心睡去
坐在炉火旁，等他们远道而来
冰凉的身体是否需要呵护？

大雪飘落，夜，就一点点变白
这是他们在用整个身体和世界摩擦

我想到他们的小，我想到世界的大
刹那间，我就有被掏空的茫然

我想到夜的黑，我想到他们的白
我的胸口就突突地腾起火焰

大雪飘落，如果起风，我就昂起头
如果结冰，我就捂住胸口

这些比梦还轻的小家伙
一定做好了殉道的准备

"世界何其大，为什么只有雪花不怕冷？"

一个晚上,我都在和炉火商量
如何将这些愤怒的花朵,扶上明天的枝头

倒春寒

春天的花开了,寒冷不会因此离开
一夜之间,风再一次把死亡的消息送来
纷纷的花落了,在盛开的路上,像密集的讣闻
把寒冷,一次次,投在我的心上

疼了,就咬紧牙关忍着
中年的树枝上,什么盛开,什么就是伤口
什么掉落,什么就是死亡

戏

◎张静雯

楼下又传来了争吵声
一个男人撕扯着自己的声音
粗野地怒吼。原谅我想起了
西北的秦腔,并非对艺术不敬
这个男声多么像是在表演
他表现着自己的愤怒以及力量
并极力借用拖长的尾音来掩盖

轻微颤抖的音色
他此刻站在了戏台上
他把声音从嗓子里扯出来掷入空气
空气像一面锣,被他声音的重锤击打
他扮演着一个自己渴望的角色
但你有伤口,朋友
你越用力,伤口被撕得更张裂
你的声音变为五匹马
朝五个方向飞奔而去

母亲的肖像（外一首）

◎顾彼曦

为了见亲人最后一面
我们摒弃时间,从各自的城市赶回去
也许是火车太疲惫,天色已黑
不曾看到有你颜色的云彩飘来
好多次,我把手放在胸前,屏住呼吸
听窗外的声音,我怕你就在其中
一不小心,从一场风里走丢
这些年,亲人越来越少
当有人哭泣的时候,我们都很恐慌
心如悬着的柿子,在你如期而至的那一刻
终于落了下来

母亲的心事

母亲打电话的样子
越来越像个胆怯的孩子
电话拿起来,又放下去
反反复复
一肚子的话,像吞进脾胃里的秘密
每次她都安慰自己,下次一起说吧
直到有一天,老得嚼不动时光了
也没有机会说出来

在皋兰,守小年夜

◎卜卡

这一杯酒我不知是新的还是旧的。噫,我不知
这酒杯:是新的还是旧的。
让我们端起她,
不啜不饮,然后放下她也是好的。
这是在深夜。仿佛一种游戏
我一个人无比庄严地反复举起酒,
先是朝四个方向,后来
朝各个方向,举杯——
临近年关,共邀我的亲人们,我的朋友们

前来。天上人间,千里万里,都来
在这虚空之杯里,
酿造,勾兑上述这无与伦比的酒。
乘着夜色我醉卧在地球上,
我拍打地球犹如拍打最可亲密的肩膀。

八盘山上的草（外一首）

◎ 蝈蝈

八盘山上的草
比那些啃草的绵羊还要安静
要是没有风
它们几乎就是一抹
安静的光线
在铁丝围栏里边
草不用费什么劲去生长
它们只是柏树下睡眠的手指
轻轻抚动
大树的阴影

白霜记

在月光下
我们变成鼹鼠,拉着装满粮食的架子车

在铺着白霜的土路上晃动
凌乱的草木藏起万千小虫和未觉的风
不会有虫鸣,只有奔波擦过大地。
艰难时世我会诅咒粮食
它在血汗滋养下交不出更多的种子
在月色里,借来的玉米
它们其实没那么胖,
想想迷茫的未来,便如霜冻般无比沉重
我埋下头,
只顾盯着白霜一寸寸从脚下移走
遥远的犬吠和老爹的咳喘充耳不闻
我们仿佛一对窃贼
藏在月下,偷偷运送隐秘的幸福
只等天下大白,寒霜散尽

以上均选自《陇南青年文学·2018年度诗歌精选》

《诗》诗选

　　《诗》1997年创刊于福建漳州，已出刊24卷。创办者道辉，主要成员道辉、阳子、林忠成、何如等。由新死亡诗派成员策划、天读民居书院主办、道辉主编。自1990年代中后期以来，以大版面、大冲撞的汉诗雄姿，集中当下中国诗坛有影响力的诗人的长短卷，大篇幅展现中国具有创造性的最新诗歌文本和诗人创作的背景资料、先锋评论。

只到达眼睛里的远方

◎道辉

假如,你要去远方,假如,没有远方
那只是一个屎壳郎和暗灰扭抱一块的所在
假如,你没自带上自己的眼睛

五只公羊的眼睛,一个谜团等于打开一本天书
上面,死者都举着家族的旗,变作使者
仍在拼杀和嘶喊,唱着奋不顾身的歌
假如,你汇进他们的队伍
终于跨出迷惘的一步

上面,没什么不好,即使黑压压一片
你浑身的骨肉碾碎作星心之音哗啦啦
流进不再对射的壕岸和桥闸之间
除了火红的眼睛,哪还有膨胀滚烫的乳蒂自挂上盲塔之顶
　　晃荡。

是的你,假如
仍用土著的古怪语赞美
船和瘸狍子
仍需用草皮鼓击发,你
站立在往逝者波折回肠的尘嚣之上

远方——只捎带上无根舌苔之行

夜,冲破暗夜的一层膜
你重把一盆洗澡水,泼进世界的沉寂里。

盲　人

◎阳子

他歌唱,声音是血管内流动的颜色
有风在晨光中送来食粮
一片翠绿色停止蠕动
光进来了,光又出去了

盲人开始奔跑
沿着一条精神的裂缝跑
在沙砾与猎豹之间
在空荡的询问中间
他掏出肋骨
身体越来越轻
飞快接近黎明前寂静的墓园

一只乌鸦带来钥匙
那是一把盲人看得见的凶器
他用它询问:
一小份想象的工作

包括这世上的一切
烟云,吃进肚子里的光
还有黑暗的秩序
插着旗帜猎猎燃烧

田野空旷人心凉（外一首）

◎林忠成

夜色弥漫,原野空旷得像一个人的内心
秋天,总会有某部分生命被运走
像田野上的稻草,被马车运到远方
永远回不来了
你一个人来到杀机四伏的田野
恨不能把满腔愤懑折成一只纸船
任它飘走

三十年前,母亲在田野怀上你
你父亲曾说:一定会生下一个荒凉的小田野
广阔荒凉的内心,适宜放牧
适宜什么都不想
躺在草地上仰望星空

中年以后,为什么活得越来越辽阔
很想在某一天从大街上消失
永远都让别人找不到

在一座深山老林里默默衰老

能承受荒凉才能长大

田野无声地承载着黑暗,从不言说
像一个内敛的男人低调地生活着
河水滔滔不绝,是田野性格里唯一活跃的因素
天黑下来后,它孤独地数着剩下的收成
今天是这块稻田,明天是那片果园
难道丰收就是为了给它带来离别与伤痛

丰收像一柄大铁锤
砸得田野越来越铁石心肠
严酷的生活不允许它儿女情长
田野变得越来越开阔、坚实
一个能承受荒凉的心灵才能长大

音乐(外一首)

◎何如

音乐的耳朵流出大海
那恍若隔世之美的、空空的足音
从黑暗中发现岩石的蓓蕾

深深的背叛之约。从苹果的嘴唇
到一次远行,它漩涡般的爱恋
埋入了月亮燃烧的泪水

音乐的四肢轻盈起来
越过罐装的思乡病,还有
沙丁鱼般梦幻的牙齿

另外有一则消息说的是:
死者将从音乐中获得奖赏
或者是一条发了霉的二手情感

把余生钉入了空白之墓。我能够想象到的
音乐,是灵魂的质感被强调
被掩去了世俗的清醒和盛开

夜　晚

这个夜晚已经熟透
它沿着黄昏之火静静燃烧
黑暗是月亮的奢侈品,万灯之上
日子顺延到肉体的背叛
几乎不带任何失望的痕迹。
我说出的都已成为过去——
那瞬间成灰的、风筝的昨日。

只有夜晚才是最真实的

它打开果核的内心,用梦唱歌。
我听见它的呼吸:纯粹、高贵
犹如乌鸦吐露的,朝圣的灵魂
在路上——破碎。

更多的诗歌挤进了失明的梦境
我无法言说,是谁理解了人类的耳朵?
我将从孤独返回内心。
夜晚让神明之眼看得更远
那有着强烈风暴的、忧郁之源。

秋风辞

◎芦建伦

不过是在黄叶背后树一块纪念碑
写些什么并不重要

不过是野地里失去家园的妇人
翻不出一件御寒棉袄
几条慵懒的蚯蚓
被夜火映得通红

不过是快要遗忘的裙子和项链
没有围坐在一起取暖真实
一行鼻涕,一行浊泪

几片模糊的青翠
便是灿烂之后
昏暗的碑文

不过是一座露天老矿井
抽走了太多矿脉
逐日冰冷的石头,胡乱
刻下一些痕迹
奄奄一息

起风了。这些物像飞上天空
低头喊破嗓子,仍旧
喊不回渐行渐远的
时光

在旅馆

◎伊甸

你穿上旅馆这件蓝布衫
四处漂泊。一些陌生的阳光隔着窗户
向你伸出瘦骨嶙峋的手
天空并非如想象中那样开阔
雨水倒是被掺进了寒冷和
孤寂
滴滴答答漏个不停

总有一些古怪的光线
从墙壁、枕头和茶杯中突围而出
似乎有什么奇迹即将发生
即将发生……在脱下这件蓝布衫
和穿上那件蓝布衫的过程中
奇迹来不及现身就消失得
无影无踪

窗户外的窗户朝你悄悄一瞥
就永远闭上了眼睛
窗帘外的窗帘刚刚开始飘拂
风,就被冻得像冰块一样坚硬
山峰、江河、城市只是几幅陈旧的画
歪歪斜斜挂在记忆的墙上

留在衣帽柜里的一缕汗味
多少年才能彻底消散?
被镜子永久吸收的不仅仅是伤痕
还有那一滴泪
那恍恍惚惚的叹息声和
时而滚烫时而冰冷的灵魂

以上均选自《诗》总23、24合卷

《诗同仁》诗选

　　《诗同仁》2016 年创刊于广东惠州，年刊。主编仲诗文，主创仲诗文、窗户、张二棍、吴晓、汪诚、江浩、缪佩轩、田铁流、康雪、张小美等。重点栏目包括个人作品研讨、重点推荐、七人诗选等。

出嫁后

◎康雪

有一次,妈妈从山里干活回来
给我带了一把狗尾草。
还有一次,我在摘打碗碗花的时候
爸爸递给我几朵紫色的大蓟

这都让我感到难过
我的父母,当了几十年拙朴的农民
突然这样天真、浪漫

这让我想要流泪。我宁愿他们永远保留
那点粗野,认为花草尽是无用之物
我宁愿我们之间
还存在着分歧甚至争执,这多么必要。

田野补记

◎圻子

在村庄的外面,是田野

旷野虽有限,但旷野包括了它。像
命运包括人群
我曾回到乡间,询问老者,随手记
了下来。他对我说:
"1月,准备过年食物。
2月,蒸酒。等亲人返乡。
3月,作苗秧,理水田,插秧。
4月,禾青子在坂田上灌浆。青黄不接。
5月,百草郁,毒虫出,谷渐黄。
6月,磨镰,整担,修打谷机,上齿轮油。
7月,割禾,晒谷,劈西瓜吃;打枣,敲梨。
8月,桂花开了,花生熟了。
9月,……"
在一个冬天,又补记如下:
大地困焉,族人未归;
山岗净焉,山首低伏;
村落空焉,老幼相依。

两道伤口

◎霜白

她的双腿间有一道绽放的裂口,
她的下腹部有一道缝合的裂口。

进入她的时候,她开花的声音

使她更像一个女人。

而另一道伤口伏在那里,
像一件瓷瓶上的裂纹。
她问他:"你爱我吗?
还是怜悯我?"

在她光洁的小腹上,他抚摸着它。
这宿命的印记,这生与死的线索。
这广阔世间
一条孤独的道路。
什么在散去?什么又被长久地封存?
——他们在这儿重合了。他深入了它。

他的每一步都在翻着它的痛楚,它的根源。
爱敞开着,"而你在把我收紧。"
他念着她的名字,空气里回响着经年的过往。
在一条无望的隧道中布下脚印和花瓣。

夏 夜

◎一江

你走后我找到了一个又一个愿意爱我的人
他们喜欢我年轻的身体和盛满水的眼睛

我们在校外的马路上
在没有窗帘的旅馆最中间的那张床上
在篱笆旁，在月光下的稻草垛上
在树的阴影下

有人失眠，醉酒
有人整夜弹奏吉他——
我从来不询问他们的名字

你在清晨离开我，你在夜晚爱上我
你抚摸我愉悦我，借陌生人的身体

哦，我爱你，我们甚至连手都没有碰过
你给我的黑那么深，我看不见自己

通往火葬场的路

◎木鱼

这是怎样一条路
嘈杂，无序驶进驶出的车辆
形形色色的人，素衣，严肃的脸庞
让这条路两边的风景异常明艳

来时，大声哭喊着离开子宫
所有人都投来微笑与爱怜，人生的起跑线

从单一而变为复杂,如此,每场美丽的邂逅
都如这路边的风景,让人惊讶。

沿着这条路走到天黑时
没有回转的余地。如奔驰在轨的列车无法
完成急转弯。而生命
走着走着,就到了火葬场的路

高官,工人,农民,偷盗者,死刑犯,吸毒者
妓女,肿瘤,艾滋病,梅毒,抑郁症,精神病
都将在这条路上卸掉一生荣辱,如同数字 10
突然被削去了支撑存在的理由。

走在这条路上,我一直都在冥思
那脱掉皮囊的人,该有着悲伤,抑或喜悦?
而这条路,该是怎样一条
——通往火葬场的路

以上均选自《诗同仁》2017—2018 年度诗选

《诗领地》诗选

《诗领地》2013年9月创刊于四川成都,已出刊14期。创办者、主编金指尖,副主编孙其安,执行主编其然,编委李永才、雪馨、杨小娟、郭金牛、水湄等。《诗领地》以"当代、多元、包容、开放"为办刊宗旨,倡导摈弃死语、不媚不俗的写作,推崇古不乖时、今不同弊、汲取精华、自出新意的选稿用稿理念,强调与广大诗友共同打造"诗人领地,诗歌阵地,精神高地"。

植物人和樱桃的缓慢

◎郭金牛

作为女儿,她,确实存在过
在子宫
曾经的美人,仰起头,与天空互换了

——雨水——

这回
不取决于天气、恋爱。也不取决于
河流决堤。立春的稻田
一位老大娘,深一脚,浅一脚

她是我的舅妈。

在我写诗时
她关心节气,水稻,收成
从不关心自己。
一块蓝印花的土布,也搂着你啊

阿狸
——铁桥,工厂,街景,摩天轮,滑雪场等场景
仅以一列啸叫的火车作为返乡背景

真没良心啊

泪水淹没了地安门

左胸的痛,属木。
右肺的伤,属水。熬过这一日
火焰中的火焰
是否将由水中的水偿还?

植物人
在春天,你最应该懂得
樱桃的缓慢

写 诗

◎杨小娟

其实,我只是想做一名
铁匠而已

用无数的夜晚,用一万小时
反复捶打,我的舌头
期望在某一个失意的瞬间
也学会婉转的鸟鸣
或者,把铁杵打磨成绣花针
用它缝补
骨缝之间一些漏雨的情节

缝补
一朵玫瑰即将枯萎的艳色

就像多年用过的一些发黑的文字
落入葬花之地
此刻我多么需要捶打的火花
点燃片刻的不朽

灯火……

◎水湄

街灯，在寂静的树枝
孵出黄昏。然后，脉脉温情地贴着它
听众鸟拢聚的翅声
我站在灯下，看自己投在水泥地上长长的影子
拖曳着日子的阴郁和明媚
抬头，天空好像乌青色
像极了谁写的乌青体的诗句
寡淡。被鸟影，远处的树木
村庄和后来出现的月亮，不断撰改
润色。随着星子的进入，街灯已把黄昏拖进夜色
像掐灭手中的一截烟头
渐深下去的夜把那些嘈杂的，诱惑的
美丽的，声音渐渐掐灭
剩下我和我孤独的影子，重回到自己身体里

像一种旷远的宁静
贴在夜籁低处

追逐花期的人

◎空馨

落日美得干净,没有蓬勃的光芒
也没有借一朵云彩遮掩
来配合它的抒情

像养蜂人晚归,夕阳迟暮
没有一点多余的点缀,只有
一个个惊鸿的身影,在告别花朵,搬运蜜期
这黄昏的忙碌,不似我的清闲
谁也没发觉,淡黄的余晖,已悄然
低过了他们的肩头

而我正在窗前,描摹这些景致
用一支崭新的铅笔,仔细画出他们的样子
再用暮色抹去上面的汗水
好让这一幕,既恍惚,又真实
只是不知道,该怎样勾勒出他们的归期
也许在明年谷雨后,也许是
下一次的小阳春

历史书

◎ 其然

翻过一页，似乎
就翻走了一个朝代，兴衰荣辱
沉淀成几个汉字，远不如
一个截面听到的心跳

历代星辰还在，复活的
故事，大多是后人的臆想
考古的白骨上没有贵贱
棺椁是唯一的证明

一盏灯熄灭，又一盏灯亮起
摄入人心的，只是我们地图板块上
被割让了多少，又被收服多少
所有的一切，都像
小孩子攻城掠寨的游戏

以上均选自《诗领地》
总第 13 期、14 期

《诗家园》诗选

　　《诗家园》2002年创刊于江苏无锡，不定期出刊。创办者章治萍，主要参与者马莉、朱子庆、大雁、霄无、老剑、孙爱霞、王若冰、燎原、陈传万、言笑、施玮、姚园、老铁、愚木、庄晓明、葛建中、成路、之道、赵贵邦、溟雨朦朦、江莲子等。办刊宗旨：作品交流，资料荟萃，向边远地区与少数民族、庶民诗人倾斜。

鸟影，或者瞎扯的风筝（外一首）

◎章治萍

谁不喜欢广场，我喜欢，有足够的
距离与空间，调整该调整的一切
因风向而调整角度，因风量
而调整筝线，自然，还会有一些
我压根不知道的技术，从未学过
从未衍生出一些体面的私欲，可以驾驭
行色不同的主题，譬如吃个炸鸡
我喜欢广场，即使我必须离开
亦可藏在广场的裙边看护夕阳的落山
有那么一段时间，风特别的紧
认得的鸟儿跑光了，只剩些
不合时节的残枝败叶，风筝
就从它们的头顶升向高空，那里
有更大的风，至少在表面上
他们都呆得更加的安稳

这是瞎扯。你说其实不是这样的，那里
那里，有更多的压力更多的阻力
更多的不确定性，如此这般，那般
风筝是喜欢往上爬的。他爬得越高
我看护的能力就越低，在广场的裙边

鸟影,或者吞噬时间的手

我发誓,那花并非因我的摧残而枯萎
她的地位,我怎么能够撼动
她的芬芳随光而逝,不能怪我
我仅仅是光照下的蝼蚁,不是光的打手
季节的衍变,真的并非如我所愿
周而复始。我大概能够提出的意见
无人相叙,无处可诉

过程不需要听取任何的狡辩,哪怕
她拯救了最后的时间,我也从未
想象过重新开始。虽然,心怀鬼胎的花
已经被拔除,而吞噬时间的手
我踮脚而望,却依然看不见

苞谷在上

◎雷霆

遇见苞谷的时候,她低眉不语
也不问天下稼穑之事,一抹绿
还保持着青春年少的好模样
如果再淡些,加上天门关的暮色

一定是黄昏走了眼,才安然如初

街上尘土飞扬,羊群一会儿归来
带回秋天剩余的草香。在田野里
有你走散的兄弟,斑驳之处鸟落
圪针丛里的蚂蚱,坚守也无用
世上支离破碎,才会掌控好名声

这是金黄的季节,需要咬紧牙关
才能咀嚼出一年来陡峭的甘苦
不吐出凉意,草不会从坡上撤退
有一瞬,我倒是爱这薄薄的花名册
芨芨草,蒿草,歪歪扭扭的柴胡

她们有恍惚的理想,冷了就背叛

苞谷在上,山河容忍旧脾气
褪色的山川,油画般的赞美
我是你的另一面,用脱落的情感
靠近最后的叛逆,去完善前世今生

我的寂寥和由远而近的心碎

秋天来了,善良如你(外一首)

◎江莲子

白云是示踪剂,显现一条河流的内心
芦苇的头颅随风摇晃着
倒伏在彼此的怀里

而银杏树叶的语言更为隐秘
互相触碰一下身体,击掌发出另一阵风声

这样的景致一起出现
就像面对一场盛宴
面对,倾其今生的自己

一直相信,最好的爱来自天上
他在高处照拂,这些卑微的事物
在薄凉来临之前,撒播些蜜糖
让大地上充满瓜果的、稻米的、草木的清香

为一次心跳命名为湖心岛

稀释所有的奔赴、锋芒、盐粒
宠爱这些细细呼吸的婴孩

让它们长成水草、牧场、心率平缓的湖底

到处是噼里啪啦的小脚丫
拽住月色的白胡须，荡秋千，坐滑梯
和湟鱼一起，裸游，拊掌大笑
吐出泡泡一样的对话

跑累了，就躺下来
同时被大地、天空、日月山、黑马河草原抱在怀里
最强烈的一次心跳，让一个岛屿拱出水面
那时，你正在天空上飞翔，愉快地鸣叫
我正轻轻抖动湖水，缓慢地泛着金光

雨水中的碎片

◎张萌

雨水开始朦胧，它从
隐秘的地方溢出，起初就像我的生活
一小点，一小点
沾上你的衣服，这活生生的
小饰物，它爱着我
它不见我的表白，愈来愈大
想用它的大嗓门提醒我
宝贝，我听见了
你的下降速度砸出了春天的血，砸在

衣架上漾开了玉兰，砸在树枝上
一朵桃花，砸在青苗上一行
油菜花，砸在我的心上
一首破碎的诗歌，砸
砸出一枝枯萎的玫瑰，砸出我十指间
中年的老茧，砸烂
砸烂这雪白的伪装者
砸开不肯离去的残风
砸碎藏匿起来
的碎片

以上均选自《诗家园》2017年卷

《诗黎明》诗选

《诗黎明》2017年12月创刊于上海,是在《诗黎明》微刊的基础上发展而来的一本年刊。创办者及主要参与者晓松(守望黎明)、一度、凡墨、黄沙漫步、江浪等。办刊宗旨及理念为立足草根,服务大众,以兼容并包的姿态、至纯至美的精神向度和诗歌品质立足于诗歌前沿。创刊以来成功举办两届"全民健身,诗意生活"全国诗歌大赛。

本草纲目

◎ 毕俊厚

在山里，一些草被招安
另一些草，陷入迷茫。剩下的
那些，蜷缩在犄角里
不敢出声

一个午后，我下乡。刚好遇到早年的赤脚医生
他在翻看《本草纲目》。
阳光仿佛一件破旧的袈裟
斜斜地披在倒塌的肩上

儿子外出。故人游走云端。
孤独的药典，只剩下一根高贵的
骨头

哦。世间若无疾苦
何需治病良方。世间若无良方
离愁多悲歌

秋天从山坡上滚下来

◎海湄

父亲还没老,就突然死了
一个走动的人
在山坡上找个位置
就躺下不走了,秋天,所有的树叶
都会在这个位置上等着,风一刮,先跑到门外
然后被各家的人装在筐里
在自家的炉灶里
再烧一遍

我亲眼见过这样的火苗
不怎么活跃,不怎么旺盛,像冬天的雪
不紧不慢地飘忽
被黄土埋久了
飘忽,是唯一的记忆
在风箱的鼓动下,很多火星星
留下来,替家人煨热冬天的
炕

母亲节是个虚词
——写在母亲节

◎凡墨

在我眼里,母亲
是一枚极亲切的动词
用乳汁滋养生命,用炊烟豢养生活
用油盐酱醋调人生百味。母亲呵
你手捧绿风,为囚禁的心松绑
你用词语的谷粒,将子女们喂养得
斯文而美好

母亲节是个虚词。引我
一步一步,走进逼仄的语境里
用薄如蝉翼的句子,去拔高现实的
隐喻。我眼角潜伏已久的泪水
汹涌而下

一朵花开,就有一朵花败
沸腾的情绪,反复在眼底闪烁
多年来,我从未给母亲写过一首诗
或一个字。当我郑重地写下第一个偏旁
心壁上附着的一层疼上,就会长出
一层更为黏湿的疼

母亲，我写这首诗时
一只飞鸟在低矮的云层下盘旋
一场雨，加重了我的愧疚

暗　夜

◎一度

我从不在暗夜点灯
从不在木柴边
哭死掉的桦树和梧桐

不在穿过的镜子里
读过去的回信
不再反复修改自己，然后毁掉

"我去过很多地方，但我
只遇到过很少的我们"

只有抬头时，我才看清
额头处的灯盏
尽管它微弱，似病牛塌陷的眼睛

孤　独

◎ 晓松

夜色苍茫。偌大的空间
夜的鼾声轻轻响起
灯光昏黄,我被黑夜抛弃
或者,遗忘

岁月。像一把锋利的刀
切割着苦难和思想
一个人,从刀刃上走过
鲜血浸渍的刀口,闪着寒光
疼痛和荒凉

远处。寂寥的脚步声
擦破我内心最后一道闪电
照亮,一滴水的
行程

流水简

◎黄沙漫步

流水汤汤。含紧字的机锋
流水之刀浮于简又腐灭着简
流水吞刃,雕琢万形恰于

大地之简。就着这生死大地
雕刻下田地植物虫鱼。雕刻下
人影幢幢、伦理、百战之火

以及兴衰成败深后浅去的印记
流水不腐?流水依依穿过死亡
风雨大地正抬着副新生的棺椁

以上均选自《诗黎明》2018 年第 1 期

《客家诗人》诗选

《客家诗人》2016年1月创刊于客家祖地福建宁化，年刊。创办者鬼叔中、离开、惭江等，主编离开。办刊宗旨：经典、新锐、多元、包容；心系客家，胸怀天下。《客家诗人》是为客家诗群服务的民刊，客家诗群由福建、广东、江西、四川、广西、海南、湖南、香港、台湾等地客家诗人组成，成立于2015年10月1日。

牌坊：在路边

◎昌政

用智能相机也拍不出
那年的唢呐悲凉。我只拍到一个门框：
石砌的孤独，
冰冷。

一定有过
摇曳的烛火，以及钉入骨缝的
幽暗。有故事。
然而说得出来的却是早已看不见的
血和泪！

必定也有欢笑。
路，就从这欢笑和血泪的旁边走过。
所有的路
都不需要门框，翻山越岭，
只带走了
远方。

失语症

◎彭一田

深夜,动车在附近一闪而过
拉链一样扒开的村庄
痛了很久才艰难合上伤口
一船盐巴返回源头
在天堂的阶梯上省下爱

绿叶从枝杈上弹起
流浪的孩子回到家乡
依偎在母亲足下;火焰退却
岛屿出现了,草木在秋天之前
亮起灯盏,他们收藏了
幸存者

说方言的人星火散乱
奶奶的瞎眼记住了三个王朝
我披发入山,在两省交界检查站
雷雨像突然崩溃的人群
一丝不挂地倒下来
过路的丧钟又吵醒我

柚花香

◎吴小燕

仍是清晨——
无处不在的
是朝露，也是喜悦的光

没有人提起旧年的春天
我把一棵树的香气都留给了你
白蝴蝶到处飞
在山林、在半坡、在湖畔的果园
还有
溪水，蛙鸣和小野花的陪伴

我会再一次爱上这些细微的事物
也会起身去寻找
亲爱的
你体内遗漏的风
有那么一瞬间
独自从我的笑声里升起

暮　晚

◎ 离开

上班必经之地。被开垦成了蔬菜园
绿爬上一层层山坡地
走近。松垮的土
再下一场大雨，就要坍塌下来
水从小山顶流下
流入农人砌筑起的小池里
他要用春水来灌溉他种下的果蔬
你看见墓地，就在菜地的角落处
一块青砖立起的碑。看不清主人的名字
杂草丛生，像是许久没人来过
清明已过。杜鹃花的红也慢慢淡去
大树一直站在半山腰
清晨有鸟飞出去
黄昏有鸟飞回来
那块孤单的墓地显得不那么冷清

以上均选自《客家诗人》总第三卷

《屏风》诗选

　　《屏风》2005年7月创刊于四川成都，年刊。创办人胡仁泽，主要成员李龙炳、胡仁泽、黄啸、易杉、陈建、黄元祥、桑眉、张凤霞、杨钊、羌人六、桃子、互偶、黑昼、黄浩、洛藏、陈维锦、刘小萍。《屏风》是同仁刊物，以成都青白江、新都为核心，聚合了成都周边、德阳、广东、新疆等地诗歌同仁，诗人们来自不同的地域、职业，他们在语言上不断探索，诗歌风格迥异，发表了大量个性化的、具有试验和阅读价值的诗歌文本。

暮春，下天竺的清晨（外一首）

◎桑眉

打板了
木板是用什么树制成的呢
它长了脚
轻轻地，"笃，笃笃"
忽儿响在钟楼鼓楼之间
忽儿响在天王殿、地藏殿、药师佛殿
忽儿响在佛学院女众部的小院子
天光裁剪院中香樟树倩影

（这暮春清晨呵
似那初醒的少女
朦胧、微凉，又新鲜……）

擂鼓了
鼓点愈来愈急
鼓声却并没有愈来愈大
鼓槌甚至停下来，像木叶蝶
匍匐在动荡的海面
而那些肃然站立的人
去过波涛中心
那般镇静

(这暮春清晨呵
被飞檐上镶嵌的琉璃掬出
渺远、深邃,虚实相宜……)

念佛了
几十个人穿着同样的衣袍
几十件衣袍裹着同样的肉身
几十具肉身长着同样的嘴
几十张嘴念着同样的经文
夜与昼互换信物之前
白炽灯代替星辰(或晨光)
照耀她们

(这暮春清晨呵
正无限接近人们想象的世界
简单、清明,莹亮如新……)

母亲去开死亡证明

母亲到底还是决定——
回乡下
去慈口派出所
开一张儿子的死亡证明

母亲无法像穿越剧那样逆天改命
用自己的阳寿换儿子活过来

也不能（不会）跟随儿子去死
因为后来她明白了——

一个母亲一定要好好活着
才能用瘦小的身躯庇护儿子
孕育他时，让他以物质形态存于她体内
当他死去，让他以精神形态存于她体内

一个母亲就是一部史书
代替铁笔铭刻一位夭折的诗人
她的舌头和眼泪最翔实
母亲在，儿子的故事就在"葫芦湾"流传

可是现在，她得去证明儿子死了
以换取孙女落户成都的资格
而那份加盖鲜章的文书，仿佛囤积悲伤的
鲸鱼，一经掀动便会喷出巨浪……

饮马河上空的蝙蝠

◎黄啸

入夜的必是另一条饮马河，
它招来蝙蝠，在夏季的黄昏。
如同召回它自己的幽灵。

唯有一次，我与它们的小眼睛
对视，隔着电视的厚屏幕，
有一只仍窜进了我的身体。

多少年我没有再见它们了，
难道它们被允许，可以从寂静中
再次返回，并带着凛冽的旨意

划亮最后一颗星？我曲上手指，
反复细数我已经活过的年头，
像确认一份被侵占的遗产清单。

现在它们隐身而去，只剩下星星
在饮马河上空冷漠地燃烧。
而天空尚未垂下温柔的一角。

也许我该用相反的算法，那样
我就会神奇地多出四十根指头，
每一根都悬挂着旗帜。

耳　语

◎张凤霞

1

这声音不是很遥远，听起来却有
风带过时的细细沙粒感，它在空中旋转，与空气摩擦，
但又犹豫了，停顿时似乎想脱离原有的声线，
就像安置的某个段落，需要重新调匀气息和语调。

想起你的声音曾闪电似的落入我的双臂，
快速而自然，不用拐弯、做作、思前想后，
爱用名词或动词，时而质朴，时而细腻，
它无须在穿过沙漠后，又隔着森林与数条河流。

你的声音曾出现90度弯曲，我差点埋葬了它，
它像惊弓之鸟，几经碰壁后落下，经历了
那么多振翅、失语、哑然。而我的手也学会了闭合与祈祷，
直到你再次用我熟悉的低音唤醒身边的良景。

现在，那声音熟悉却有某些差异，出生地
夹杂异地的口音，音调中多处迷离，某些转弯处藏有
月亮的表情与飞鸟的影子，我听到了你
声音里微妙的隐情。

2

呼吸是潮湿温热的,几乎贴近了耳郭,
它走了那么远的路回来,声音依然平静柔和,
空气中时不时回荡着虚构的暖意。
它或许尖叫过,在报纸上成为头条,
并为虚名助威,或被新闻伤害。
我不排斥你用形容词,而精准、恰当是必须的,
但我一向置疑那些充盈名利的情义
会有多少纯粹性。

我已经习惯于独坐与等待,你一回来,
我就剔出虚张声势的你(这原本就不是你),
紧接着俯下身体,放大看,贴近听,
整理后的词语这么暖,我们一下子那么近,
耳边不断漏掉沙粒的声响。

以上均选自《屏风》总第 19 期

《星期六》诗选

《星期六》2003年5月创刊于江西吉安，不定期出刊。主编胡刚毅，编委夏斌斌、罗启晁、贺小林、蔡玫、秦宗梁。办刊理念为让诗歌温暖内心，净化灵魂，充实生活。《星期六》不定期举办诗歌沙龙，晒诗，诵诗，评诗，探讨诗歌创作，推动了吉安诗歌与外地诗歌交流，也推动了吉安诗歌创作与发展，推动了吉安诗歌走出江西，走向全国。

爱情（外一首）

◎ 胡刚毅

当爱情像土拨鼠
春天醒来时，你不要惊讶
在青春的地底下竟偷偷蛰伏一只
怪异神秘的小动物
它是盲目的，习惯了黑暗习惯了夜
一下子来到阳光下，睁不开眼睛
它小眼睛眯眯，探头探脑
要偷谁的心？它羞答答，手足无措
憨态可爱。请你赐给它一片
水草丰茂、竹篁翠绿的自由天地
这位擅长打洞的高手，在泥土里
安眠、忙碌，不食果叶，嗜好大自然
植物的根块，汲芦苇根、竹根为
体内丰盈的汁水。它样子笨拙
动作迟缓，其实敏感得很，一有
风吹草动，眨眼间逃得无影无踪

冰

我决定，从今天开始融化

在阳光金灿灿的睫毛下悄悄融化
不再坚持自己的冷与硬
释放囚禁一冬的爱情、眼睛、手脚
释放一群好动的暴动分子
我要借小溪的嘴说话
说清澈洁白的话，说一波三折的话
说心平气和的话，也说雷电叱咤的话
不学那树以根拴住安稳的一生
而像春风像奔跑的江河去漫游大地……
当融化时，发现爱的疼痛已深入骨髓
我泪流满面，消失了，泪还未干

黄昏（外一首）

◎叶小青

夕阳离山塬尚距一丈
鱼鳞云在它的周围编起了皱纹
淡下去是必能的
就像一个人的老
阳光倾斜
抬头，刚好照着我的眼睛
低头，它就在我的头顶筑巢
我就在抬头低头间老去
窗台上的三条鱼干
一个礼拜了，眼睛深陷

这个冬天也是这样
我不知道他为什么用
"解散的教会"
他那句"贫穷在你们体内"
一下子就击中了我
在冬天里,我的兜里空空
连冰雪都还没有

桂花树孤零零地站着

桂花树孤零零地站着
它的香在秋天就已耗尽
阳光无力穿透枝丫,地上的薄霜还在
深空的冰凌越积越多,冷
已经成了底色
陡峭　深渊寂远……
这些与灵魂交好的词
它们都走向了孤独
必然的孤独
我是个没落子弟,我庆幸
除了孤独不用再担心其他的事物

钓源古村（外一首）

◎夏斌斌

一张待字阁中金粉花兽图案的闺床
乍泄古村的春光　我们一行尾随导游
踩着青石板的平平仄仄　穿堂入室
左巷右里　纵横曲折　偷窥光阴遗留的隐私
陈旧的包浆　一把好匠气　寻常百姓中
埋名隐姓　没有眼色的人
不谙其机锋和诉说　有歪门就有斜道
我们误入歧途　一只脚踩着阴鱼眼
另一只踩着阳鱼眼　浑然不知陷入八卦阵
活该束手就擒一幕赣系方言的折子戏
寂寞了观戏台幽怜的耳朵　私奔
大户人家小姐的梦境　古樟树梢停栖的斑鸠
心有多深翅膀就有多硬　天高皇帝远
京城有京城的繁华　僻壤有僻壤的烟云

白鹤杂记

它们栖息田畴爱山乐水　一副见仁见智的模样
有人靠近就纷纷浮光掠影式地把白躲藏松林
俨然高士对人间避让三尺　不问天下是非

喜欢过僻壤小鱼小虾的日子　与绿萝野生的石桥倒影
比洁癖　一声一鹤唳　逗口舌之快
更多时候三缄其口　仿佛祖先的族仇家恨置之身外
却过不了心魔那道坎　溪水上游臻桥村的长
流入溪水下游陈岗村的短　几声捣衣的捶响
惊扰连理枝的偎依　村童就是淘气把毛茸茸的雏鸟
揣进怀兜　以为这样就能挟持春天
以为这样春天就会跟着他回家　一步一脚印
尾随母亲呼唤的乳名

我的诗（外一首）

◎胡粤泉

我的诗，犹如夜空的一弯
月，淡淡地照出夜行人的
阴影。却让人知晓了我的
微光，不是微霜
乌云常泼几朵污垢的黑墨
却把我擦拭得更加皎洁
明晚，又是一轮月，清辉四溢

石　榴

当初，心里的秘密

裹得紧紧，牢不可破
阳光的拨弄，春风夏雨的调笑
悄然开口吐露心事？
天一热，马上急不可耐
说话了，一咧嘴
暴露了太多晶莹剔透的心事

在冬天

◎简小娟

寒冷从一场雨开始
温暖被一盏灯点亮
季节从来没有终结
就像人世的际遇，风云的
流转。静默的那刻，便是
记忆归来的时光

思想纷纭，指端寂静
无边的暗涌从四面八方赶来
争相落地，开花，集结成
流年的印迹。谁人知你芬芳的背后
那些雨洗白了月光，那些微笑
疼得绚丽了太阳

你说怎么过都是一生的时候

每一株小草都在等待自己的春天
梦中的虹,天使的香
所有的灵感都将在路上

你是我的一场雪

◎雨城

你说,不能给我蜜糖
只能是味精,盐,爱情防腐剂
最后,酸甜苦辣,成了你给的
五味瓶

滚烫的诗句,含着晨露
镶在,我们依偎过的椅子上
一个凄凄的夜,你塞给我一把伞说
结冰了,请保重自己
这场雪,交出最后一味添加剂

你的背影,捂不住我
漏风的肩膀,我隐入一棵树
开始焊接自己的骨头
一抬头,看见
几颗星,正在擦拭血迹

桃花诗

◎ 龙斌

因,无所住处
楼台由是迷失在三月烟雨中
而心呢
晓来,该化作一只蝴蝶往金陵去

念及去年山门
云板哒哒响着,龟和鲤兀地潜至水底
倘若此刻离了
便不会无端入小僧梦里抢他佛珠

盼着,盼着,桃花又将开了
世事并非饮食
且在树下等等春风罢

以上均选自《星期六》2018 年第 1 期

《洎水诗刊》诗选

《洎水诗刊》2018年创刊于江西德兴,半年刊。主编殷红,副主编黄小军,编委殷红、黄小军、许健平、程冬容、程建平,顾问向以鲜、李元胜、杨四平、程维、雁西、温远辉等。《洎水诗刊》以诗刊为载体,以德兴市聚远诗社为组织者,力求全方位参与中国当代文学现场,反映当下中国诗歌创作的风貌。

半屏山

◎冷眉语

一段潜台词在人间起伏
刀斧劈开大海如一个人走空
胶片用蓝色丝绸铺展开长句子
修辞站成窗口
乌龙穿梭于扇面，安排一场失散已久的宴席
……这盛大的舞台，灯光道具齐全
我是真的失神了
你呢，是否在前一刻不知所措
后一刻拍案惊奇

我知道它的前生曾是一尾鱼
水路白银，陆路黄金
大象牵亲爱孔雀迎风踏浪
后世在地久天长
一浪高过一浪

倘若环岛一圈，仿佛一个圆
仿佛浪花升起长号
我在铜质的低声部爱上一个人的军队
他的方言很浙南，骨骼很中国
血管绵长直到海枯石烂

他的肱二头肌隆起闪电,远一些
渔港隆起新鲜肺,再远些
起伏的天空上,一串忧郁的珠子
隆起明月相思
——将我深陷

我的潮水起伏。我与你同源同根哪
请允许我用那巨大的甜美的伤口
盛放大海,请允许我借你美屏
在我的梦里,为自己暂开半分钟

大岭背的槐树（外一首）
——致柯桥

◎布衣

可以休憩片刻了。在这棵有着栗色落叶的槐树底下
在大岭背,时光有过短暂的停留
——可惜我们无法看见

可以捡拾这些落叶了,就像捡拾那些远去的亲人的叹息
在大岭背,许多发生的事情你根本不能左右
而那些正在到来的事物,仍旧暗藏着泪水中的战栗
暗藏着命运的轮回

老 屋
——给父亲

我这样称呼您亲手建造的这座土坯房
是因为它的瓦檐已经破败,东侧和南侧墙头
已经各长了一蓬茅草;被您敷上墙的
红泥土,大部分已经被雨水冲刷掉落
以前,西侧屋墙曾经有过四窝麻雀
南侧屋墙曾经有过七窝麻雀,现在只剩下三窝
——您曾经多么慈爱地接纳它们
并允许它们在墙上打洞,生儿育女
您与它们相看两不厌,看它们打架,吵嘴
看它们在晒谷坪上偷吃谷子;在冬天
您为它们扫开一块雪地,撒下秕谷和饭粒
您说,它们在我们的屋檐下安下家
就是以前逝去的亲人重又找到了我们
它们就是我们远房的族人
…………

父亲呵,每次经过您的老屋
我都看到时光在播放这些经典的场景,也看到
一些欢愉一些悲伤每次都闪现在穿过瓦面的光影里
父亲呵,我这样看着您亲手建造的这座土坯房:
站在后山,我看到夕光下的老屋
潜伏在岁月的半山腰,摇摇欲坠
它守望在那里,像在守望一个远行的人

我情愿自己醒得晚一些（外一首）

◎ 林珊

我道歉。我的衣袖上沾满了紫叶李的香气
那些穿着白裙子的小天使，站在草地里
在微弱的星辰中间，反复诵读祈祷词
——想象总是在清晨，赋予我一些
美好又凌乱的东西。事实上
我更愿意谈到的，是长满乌桕树的小镇
深山里的马尾松，门前扫落叶的老人
几声惊雷过后，窗外涨起的洪水
——它们藏在记忆的凹凸处
拥有通往春天的秘密途径

只是，天亮以后的一切
都不是我想要的
我情愿自己醒得晚一些

我爱这悲伤的大雨

孤独的栾树在向昨天告别
衰老的虫鸣又开始起身呼唤消逝的秋天
那条我曾经俯身的河流
松果坠入河面却没有发出一点点声音

途经的石墙,爬山虎在每个清晨醒来
年复一年的寒岁,它从未虚度
久无人居的旧房子拥有黑暗的楼梯
反光的云团,有了更奢侈的心愿
一阵风,吹落无患子的果实
一些人,徒留下含糊不清的背影

——我爱这悲伤的大雨
我们变得湿润,汹涌
而浑然不知

致博尔赫斯

◎ 雁西

这么多死亡,被尘土一一埋葬
无论你走得多慢,时间不会等你
那些所谓的解释与证据又有何用
走近墓碑的时候
众多的名字终将有你的名字
光荣被花朵锁成花环

苍凉的大理石呀高大的阴影
躺在昨天的历史
空地,让梦境沉睡,唯一的宁静

看见亲人离去却无可奈何
结束了,刀下的血与战栗
唯有爱不熄灭

爱在,死亡才无空隙
空间,时间,光明,幻影
才会成为一切的奇迹

从你的诗中,我看见了灰烬中
思想的光芒与永恒。从此,我不怕
怕的时候就念你的名字

交出(外一首)

◎王跃强

我要在一声鸟叫中,交出
困倦已久的江山,不会
因流水的挽留皱下眉头
靠近我的山水,左边轻,右边浮
我要在醒着的风里,将它们切碎,移除
我要交出酒,交出肉欲,交出挣扎,交出
比一滴雨小的疼,比一个词浅的薄
交出我一天天生锈的骨头,交出
被错误捆绑了一夜的双手,直到
一场尘世的大雾把我卷走

我们是光

我们是光,叩访着黑暗
所有发生过的情景,一闪而过
像食物远离饥饿,抛弃离开不舍
夜的山顶,早已星光难平
曾经的面孔,年久失修
花朵的钥匙,无法认清死在荒山的锈锁
我们就这样亮下去,光线如针
刺醒黑暗,天边的鸟儿飞来了
只有一只是我们想要的白色
却让大群乌鸦,落荒而逃

以上均选自《洎水诗刊》创刊号

《洛阳诗人》诗选

《洛阳诗人》2015年5月创刊于河南洛阳,年刊。社长董进奎,主编董振国,编辑丁立、段新强。办刊宗旨为"传承河洛文明,繁荣中原诗坛"。得到马新朝(已故)、杨志学、王绶青、陆健等著名诗人的大力支持和帮助。主办"诗意中原"大型民间诗歌交流活动。

我的籍贯（外一首）

◎段新强

每次填写籍贯时，我都习惯
精确到庙子乡，咸池村，五组
如果表格后面还有空间，如果允许，我还想精确到
南大河边，羊湾路口，一块年年春长小麦、秋收玉谷的庄稼
　地头

在别人看来，一个籍贯拖那么长的尾巴
有些可笑，但是我总觉得
应该这样，也没有什么羞于示人的
虽然那是一个在卫星地图上小得像麦粒一样的地方
但是我能很快在一片乱山窝里把它找到

好多年了，走在故乡以外的任何地方
我的脚总踌躇着无处落下
好像自己是一个被丢失了很久的人，必须
时刻让大地确认我的身份
就必须把自己精确到那麦粒大的地方
如果少写了一个字，我就担心自己
会从那个地方被永远抹掉

故乡在喊我

我听见了,听见故乡
在喊我

听见她用一朵
在蓝天里洗白的云喊我
用一根炊烟,一条小河,一句谣曲喊我
用一弯月亮喊我,它的另一半压在发黑的苇席下

用一把麦穗喊我,麦穗结满了金子
用一滴露水喊我,露水从我眼角滚落

用一辆粪车,一个深陷的脚印,一片在洪水里倒伏的庄稼
大地的肋骨一样的田垄喊我

用一场雨水喊我,洗净我的脸和双手
用一块河洛石喊我,那石头憋着一肚子的话

我听见了,故乡
在喊我

用一张被寒风驱赶的羊皮喊我
用一声鸡鸣,喉咙里还卡着半根青草

用一口温热的奶水,一个乳名,一双虎头鞋喊我

用一个日子，用一口气喊我
用一个头发凌乱的女人，在剪断一根脐带时的
一条命
喊我

原　罪

◎雪子

我有不可饶恕的罪
——我爱过一个人，并且
还一直爱着
你饶不饶恕我，一点用处也没有
因为，你改变不了什么
我走在我一个人的歧途上
开心，或者不
都不重要
天堂和地狱之间，不过是
仰首和低头之间
我决心已定——
无论人间如何热闹，我只负责
把自己走完，把孤独和爱走完
就像一只满含着热泪
径直走向屠刀的羊

吉祥兆

◎常保平

喜欢你现在的样子
一分一寸地胖起来,不说三围
就像我的妻子,唐朝的女儿
滑若凝脂,白若粉黛,酥软如棉
雍容如花

回想唐朝,肯定下过许多雪
多如牛毛的雪,肥了后宫佳丽
也盛开梅雪佳句
结果,唐人街雨后丛生

这胖胖的丫头,正逢其时
大地渴望沐浴,麦苗需要棉被
桃花树下,小狗烙上的梅花印
而我,需要静下心来
做一个幸福的雪人

历史的暗夜

◎棠棣

流水。夜色。月光。栖鸟。
翻开的历史。磷火从夹缝中飘升。
那个捉刀人伐竹伐君
唯独忽略了自己　某个夜晚
他使出回马枪，发现自己的猥琐
发现岁月长河中很多未经加工的情节
惊人的一致　他废掉自己的双手
以口衔笔，在灯下书写黑暗　疼痛
以及摆在书案上的自己的头颅

水煮人间

◎王景云

最近的树林跟着水流一起弯曲
一段风，也弯曲。我在街上
回过头来看你的眼神
也，弯，曲

你,就是命中注定
是水边喝酒的那个男人啊
你的肩膀,挡住了我的青春
请让一让,我要看看内心的那头豹子
怎样蹲坐在远方的山坡上
准备猎杀
这小镇的美景

如果,这些都不够
男人啊,你就必须弯一下
把自己弯成弓
酒话如箭,把我射出去

那个人间,应声倒地
多好的猎物啊,只够两个人,水煮红烧,享用一生

以上均选自《洛阳诗人》2017 年卷

《独立》诗选

《独立》1998年6月创刊于四川大凉山,已出刊32期。主编发星,主要参与者张嘉谚、海上、孙文涛、发星、阿库乌雾、梦亦非、西域、郑小琼、鲁娟、阿索拉毅、马海阿晶嫫、吉布日洛、阿力么日牛、阿于阿英、阿加伍呷、阿牛静木、史列·瓦、吉地色呷等。

八月三号，晴欲雨（外一首）

◎王含玥

八月三号，晴欲雨
晚饭后，出家门
避开街市人畜
沿幽寂小路
过了村庄，就是出家人
法号八月三

村外野桥上坐
天与山与水声，潺潺
拥覆而来
偶有小狗过桥
看我一眼

此小狗
前世必为高僧大德
方修去颈上绳索
修来今生一串脚步悠闲

而我，一生在此散步
只有一阵清风飘摇的缘

山雨欲来，风已满桥
一想到去年桥上的梨花
就渡过今日之劫难
回到家中
脱去僧衣僧帽
看着墙上的八月四号发呆

明日之劫
何处去渡

安宁河存照

安宁河病了，桥上走的人都能看出来
你和安宁河都病了，比如
那年你从水面寄来的倒影
犹有两岸桃花邮戳，如花香氤氲镜中
今年，你的影和一条死鱼陪葬
挖掘机一旦将你打捞起
我的童年如光线逃逸镜面

安宁河病了，稻草人都能看出来
两个河边寄送影子的人
上游雨天，下游晴
但是，安宁河弄脏了

没有了稻田，我去远方
我站的地方，总能模仿出远方

干净的诗意
却再收不到你沿河寄来的消息
稻田像风筝,断线的河流
收不到沿岸准确的桃花汛期
只有逃亡的人,才有资格说起远方
然而远方那条河,和你一起慢慢消失

一条大河

◎吉克·布

月光照进房间时
做梦人,又梦见河流
使远方与远方相联
使生命倒回源头
但我承认,这么多年,从未
真正地领略过一条大河
尤其,它在夜空下荡漾的样子
它的低诉或高扬
包括,随之而来的人群
牛羊马匹、歌舞声乐
一个村庄的兴起与空落
皆模糊,皆高远
一直,自顾自地追逐
从一个荒原到另一个荒原
当河流拐弯

浪花有了新的水域
我有了新的孤独
唯有，流水，日复一日

冬夜里的瓦子觉

◎阿于阿英

每当瓦列峨坡落雪的时候
山脚下的瓦子觉便会下起雨
今夜，瓦子觉又下起了冬雨
父亲早早地睡下了
火塘边留下我和母亲
我和母亲
说着门口的狗儿
讲着旁边的猫儿
聊着村里的嫁娶
谈着庄稼的收获

母亲说，这场冬雨过后，
圆根萝卜也该拔了。
我说，开心吧？
苞谷都收好了，不会被雨淋了。
母亲说，开心啥哟！
苞谷芯多半要被淋坏了。

是啊
在母亲的眼里
玉米是玉米
玉米芯是玉米芯
都有
他应有的尊严
他应得的牵挂

太阳,是大地的血

◎阿加伍呷

夷人是飘落山上的种子,
在古老的土地上长成石头,
沉默的表情犹如死去的人脸,
趴在奄奄一息的村寨里。
炊烟,是痛苦的泪。

支格阿鲁的太阳,
最终,还是被后羿用神弓成功射杀,
石头生病,石头无法自立,石头枯萎。
太阳,是大地的血。

我想吃块骨头，一块顶天立地的骨头

◎史列·瓦

我想吃块骨头
一片雪花中的骨头
一滴泪水中的骨头

我想吃块骨头
一块由地而生的骨头
一块从天而降的骨头

我想吃块骨头
一块寒冰沐浴过的骨头
一块能牵动山脉的骨头

我想吃块骨头，
一块顶天立地的骨头

以上均选自《独立》第 31 期
"2018 四川大凉山新生代诗人 40 家诗选专号"

《钨丝》诗选

《钨丝》2006年3月创刊于湖北十堰,不定期出刊。创办者张尹、冷若梅,主要参与者张尹、王彦明、宋憩园等。办刊宗旨:在现代汉语诗歌内部,形成一个有效的"声场与光源的集合部"(晓波语)。

阳台诗：植物般的生活

◎张尹

在杨公桥，我是一棵植物
特别是在夜里
坐在阳台上，旁边的栏杆下
五十米的深处，长着一棵棵更大的
树，那些钢筋水泥的建筑物
越过我，
伸向几十米外的天空
我们一起静谧地待着
远处马路上的汽车声音传来
如同微风轻拂
虽有感觉，但不能摇动我们。
是的，在这样的夜里，灯光昏暗
我捧着一本书
如众多植物一样
隐藏在城市中

春 日

◎朱成

今年的春天,似乎特别漫长。
万物沉重,田野也驮着厚厚的暮色,
记忆在增长。

窗外,风梳着解冻的河水,
变得软和的泥土咬住一串足印,
而群山幽暗,就像埋在地里的土豆。
是谁,正一遍遍地想着
那些心酸而无法回首的旧事,
对于未来,又将如何重拾。

不远处,卑微的宇宙在冰层下摇晃,
流云穿过树枝间的鸟巢。
人们似乎不关心这些烦恼,
他们依然质朴、笨拙,像年前扎好的草垛,
散落在田间地头,或赶集的路上,
一点儿也没改变。

养蜂人

◎王彦明

拼凑一个王国,所有的版图都是
立体的,而羽翼则轻巧异常。
习惯带着刀子的小宠物,尖锐而
孤独。它收敛的甜,都将拱手
送出去。隐秘的号角,仿佛风中
之歌,消逝在一些角落里。又会

唤起一些惯性的身体特征,仿佛
荨麻疹在风里会成为山丘。包括
日出和花朵,都会催促飞行。而
飞行没有飞翔的力量,只是向前
是堕落的轨迹,抑或可疑的钳制?

现在,我裸着身子,独居一室,
写下晦暗不明的文字,针尖对准
自己。如果还能收敛些什么,那
将是一种幸运。仿佛养蜂人借机
占有了嗡鸣的蜂箱。在这个时代

我没有学会投机,也不会再次飞
翔。只是学会了画一张好看的皮

披在身上,抵御这深秋的温度和
留在后脑深处敲打饭盆的声响。
只有旷野,属于我。仿佛失去限
制,允许一些骄傲的人缓步走过。

日常简录

◎周园园

是最日常的生活
敏锐的触角
感应着沙砾般的酸楚
一个孤独无尾的人
走在陌生的湖里大道
望着路边的鹅掌楸
显出潦倒又绝望的表情
也有开心的事
比如那年夏天
我们去听了马克西姆
现场的动人音乐
是生活中偶然出现的蜜糖
却不敢含着太紧
含得越紧,用舌头旋转
就融化得越快
那一小会儿的幸福
很快便消失了

秋　日

◎缎轻轻

雾气
弥漫
为人群披上巨大的外衣
人们醒来
沾着露珠的身体，这不是木樨草的命

日子在木樨草的绛黄中消解
你站在街道上
"一夜秋雨，未消亡的都如此合理"
人们走动着
恍惚的黑影积压在你心底
在睡眠里种下一大片
木樨草
绿色的汁液下降，
黑色的安宁随之上升。

以上均选自《钨丝》总第八期

《唐河文学》诗选

《唐河文学》2012年3月创刊于河北唐县,季刊。创办者康书乐、石振明、高秀红,支持者张中杰。办刊宗旨及理念为建设会员文学展示平台,提高会员写作水平,发现推举文学新人,繁荣当地文学事业,推动社会精神文明发展。

一种煤

◎康书乐

那些从地狱中提炼的煤
被统一集中，贴上封条
在一种制度中
上演比死亡更冷的经典

带不带烟气，风说了算
在冬天的心脏里
风讲究钻营，也鼓动喧哗
却从不用火验证黑色的骨头

尘埃遮面，我又黑又亮的煤
在辽阔的山河间，它和我如出一辙
无论灵魂裂开怎样的灵光，再也找不到一个
允许我们焚烧的锅炉

选自《唐河文学》2017年第4期

绿　藤

◎ 田法

它从高处垂下身体
垂下时间，和朴素的情感

承载一个重量
几倍于它大的南瓜

在蒂落之前
它的苍翠，太阳暴晒也不会枯黄

但有风吹过
它会晃一下，像我的中年

秋虫（外一首）

◎ 瑭诗

不是每一场雨
都能盛大地谢幕
秋风截取的，也只能算一个片段

落叶纷飞。草木的心跳加剧
舞台上多出一个又一个
落魄的影子

有人打马远去
每个马蹄都带走一个草原

那些
躲在叶子背面唱低音的小家伙
歌词有不舍,有绝望。像
星星眨眼
一会儿明,一会儿暗

秋 梦

秋风凉,记忆开始长出石头
花开花落都是硬的
香藏于缝隙,不肯轻易吐露

时光轴太长,许多人失散
迷路的灵魂无家可归
梦,舞成蝴蝶
等一个叫庄周的人出现

我的发尖修长,拽着今世
露珠是镜子,却照不出前生的你

结霜在一瞬间

中年起,喜欢把情绪放到云上
去留随意,无喜无悲
太过沉重时
才开始下雨

静如青草,绿过荒地（外一首）

◎马兰

我想收回所有我说过的话
像大风收走落叶

一场雪覆盖了雪地上杂乱的痕迹
像一个人有了干净的后半生

那些被说出的都是风里的尘埃
尘埃里的风,终将散尽

终将散尽——
静如青草,绿过一片又一片荒地

就做永不开口的石头吧
风来了,既不点头也不摇头

像星星
在天上,在黑暗里,眨着眼睛

所有的好都被看见

色彩归来,如母亲穿上花衣
大地重又年轻了

我爱这春天,所有的好都被看见——
温暖是红色的
宁静是蓝色的
小黄花跳跃的眼神是一地的惊喜
牵挂是一串槐花白
想念是一树丁香紫

那么多花朵打开,深深呼出一口气
大地的苦难就会减轻
染了花香的孩子就长出翅膀

我记得家乡的土路,镶了绿色的边
一直飘到夕阳下
和缓慢升起的炊烟一起
消失在天边

以上选自《唐河文学》2018 年第 1 期

《桥》诗选

《桥》2012年创刊于湖北大冶，季刊。发起人向天笑、向其猛、胡佳禧、胡耀文等，支持者程良胜、黄晓阳、余伟、胡学军等，执行主编胡佳禧，编辑部主任胡耀文，责任编辑田圣堂、田溢文、陈桂华、张秋霞、石婷。办刊宗旨为扶植本地诗歌爱好者，进行创作交流，使之有一个文学阵地，让更多的基层作者从这里走出去。

水塘（外一首）

◎ 胡佳禧

水塘的水一直是满满的清清的
这两天，听见水塘有水声
这声音压住了其他声音
这声音从抽水管里往外走

不能上岸的鱼上了岸
左邻右舍都来分鱼
来分一份临近春节的喜庆
这次，理发的青山哥没来
他走了
像一尾鱼游向了另一个世界

水塘是祖辈留下的
像汉字，它让我记住乡村
记住那些水声里走了的人
像记住古老的民谣

青 蛙

清明过后

雨下得更清,天显得更明
说井底之蛙的那个人走了
你才深入依山傍水的民间
深入鸟语花香的村庄

叫声是你的唯一
你的叫声肯定能比有的人唱得好听
你不讲平声仄声
不讲高音低音
声调始终是那么安详和平

我更多的时候忽视了细节
我得回来,找到立场坚定的流水
找到冬眠破土的你
从乡间的水田
重新发声

夜晚,水牛(外一首)

◎胡耀文

它的精神在黑夜,隐藏于
灰色的毛皮下。但它站着

这是一次偶然邂逅,我的车前灯划过
五月的灌木丛,以及反光的水面

一头水牛,站在路旁稀疏的草地上
它侧转头,望着灯光处——

一个黑色闪光的物体靠近它,振颤着
如它劳作时,粗重的呼吸

它的眼神没有畏惧。一根绳子
将它系在石头上——爱的挽留?

但它站着。我看不到它的思想
它隐藏于黑夜灰色的穹隆下

柠檬汁

我们被剥皮,投身于
旋转的机器,在嗡鸣声中
献出香味,以及绞痛的快乐

通过猩红或苍白的唇,我们
得到爱的通行证,同时
省略了咀嚼和切割的初心

在避风港,或者在上帝应允的
茶楼,我们置身于透明的容器里
看一双纤细的手或五指的森林

请端起来,喝掉我和我们

喝掉我黄色泡沫的姐妹，请喝掉
讨论者和言谈者，以决绝

和爱。以你们五指的森林握紧
空气中潮湿的香味，这失而复得又
永难企及的真理。

玉兰花开了（外一首）

◎田溢文

玉兰花开了
眉梢间　那朵朵的企盼
不再是花岁的等待

今夜的香里
是谁的前世今生

约在春天里的那份深爱
沿着迷惘与疼痛
在无人触及的枝头展延

空寂的手指
点亮阑珊的灯火
细小的火焰
躲在忧伤里　寻找出口

这样的夜晚　一个人
守着一间屋一座城
窗外　是三月霏霏的细雨

昨夜的落花
留下灵魂在骨头里
化为纯净的苦

玉兰花灿烂如雪地开了
今夜的香里
你的回眸
不小心　打翻
一盏星光

村庄的孤独

异乡的中年　驮不动
雁鸣里
深一脚浅一脚的云朵

荒草覆盖的梦里　总惦记着
那些曾经绕膝的庄稼
如同荒芜的土地　惦记着
我　这个长年不归的主人

后背山上
年迈的父亲

坐在祖父的坟前
手中的烟斗
灼伤斜阳外一声久违的哞叫

稻子　麦子……
像一个个出门在外的乳名
旷野空空
放不下村庄的孤独

　　　　　　以上均选自《桥》2018 年第一期

《海岸线》诗选

《海岸线》2017年1月创刊于广东湛江，季刊。创办者张德明、符昆光，主要参与者、支持者赵金钟、梁永利、黄钺、程继龙、袁志军、林水文、刘卫、杨梅、陈雨潇、凌斌。《海岸线》坚持先锋性、当代性、开放性的审美理念，本着立足湛江、放眼全国的诗歌立场，为湛江本土诗人提供诗歌阵地，也为湛江与外地的诗歌交流搭建平台。

理想主义的鱼（外一首）

◎林水文

霜降之后，西江游动的鱼
衔着一枚枚云
他们节制欲望
潜伏在水里，抛弃那些高尚的大词
小人物般隐忍
不和水草、石头探讨飞翔
月光吹来的风，比白天更凛冽
他们潜伏，游动
躲过月光下的诱饵，躲过泥沙俱下
向着大海的潮汐游去
月光照着他们的水面
发着刀子般光芒

选自《海岸线》2018 年第 1 期

大　雪

大雪封山，我们错过回去的车
在偏远的小镇，山河易老
我们煮雪饮茶，走进远古山水画

深一脚浅一脚徘徊
"在梦境中抵达远方"
迟缓的事物,成为雪陈旧的部分
小兽呵着热气返回洞穴,山野空寂
雪花穿过中年的躯体
返回自身。一个人遇上
众多的歧路,每一朵雪花飘向自己
洗涤自己,夜色中的山峦白发苍苍
倾力向前奔跑

选自《海岸线》2018 年第 2 期

与一只蚂蚁相遇

◎黄药师

一只小蚂蚁
拖着比它大好几倍的食物
在黄昏的路上

它紧紧贴着地面
我敢肯定它是一个父亲,和父亲一样:
多少年了,他也是这样踩着暮色回家
挑着新收的稻谷
在上坡的时候,腰会显得更弯一些

假如我不是恰好有事经过
也许我们不会相遇
假如我不是一个父亲
也许我不会在这个时候想起我的父亲

我和这只蚂蚁,各自停顿了一会儿
并不知彼此更多的想法
卑微的事物常常让人忽略

近况(外一首)

◎杨梅

脚和头部对峙生活
在一个国家的版图上构成了
难言的张力。有时,光阴
是一支惹人厌烦的断箭
指缝里挤满了风声
远方,仍没有送良药的骏马
有时,每滴雨水都是良缘
可穿石,可起死回生
可,清凉一个国家的孤独

一个明亮的女子

她本身就是一具透明的容器

盛满清新的空气,阳光和鸟啼
命运之手翻覆倒悬
落下那么多悲伤难忍的疼痛
她就是紧闭脆弱,就是不肯
让自己毁灭于一场动荡的雨水

飘落（外一首）

◎郑成雨

六角形的叶子
它的纹路,暗藏着风雨
火,和人世的沧桑
从虫蛀的小洞,我们察见
它骨头里的伤

飘落不是秋天的一声叹息
每一片叶子里,都有一个藏得很深的故乡
把最后一点水分献给了秋天,飘落
便是一种圆满

如果有风,它便打一个转儿
从高音区滑向低音区,它呈现的
是最美的弧线。它轻于风
又比大地丰盈,它低于大地的翠绿
又高于天空的蔚蓝

声声慢：溪水流淌着秋天的缓慢

每一滴水，都在时光中逐一醒来
竹子每抖动一片仄声的叶子，尖尖的
溪水就回它一个平声的叹息
秋天的阳光把调子降成了声声慢
我脚下的每一寸乡土
都在错落的季节低处呻吟

溪水流淌着秋天的缓慢。风吹过
竹箫无孔成曲，吹醒了我的沧海
单竹是长句，黄竹是短句
阳光泻下的是一道岁月的悬崖
只要脚下一滑，我便跌下疼痛的深渊

四十余年时光，一溪流水已不够叙述
我或深或浅的脚印，故乡或高或矮的秋天
这个午后，惶恐扶住了忐忑
穿过竹林，阳光用颤抖的声音
朗读着秋水，斑驳的光影一片明亮
一片阴暗，恰似我从少年走来
时光的身上，一贴贴或新或旧的
乡愁

以上选自《海岸线》2018 年第 2 期

黄花铃木

◎梁永利

在镜像里，纸团当蘸料
一些泥粉沾上枝头，看不见游客的脸色
临风的树已被忽略
你的姿态是树枝的姿态，笔下
浴女和丝竹声消失
偶有露珠滴下，湿气时浓时淡
海天分开来，出发的号令，解除了春天

今宵，喂不饱的猫，回想鱼水之欢
仅凭花为媒，淫雨未至，这样的轻佻不多
一垄花苑，数种造型窜动
有人看到火苗焚烧着野趣
飞旋的莺知道折枝的人

那提篮者，裙裾卷起微尘
香味软软的，你给我一条路径
呼朋引伴，清闲断不能坐下
找寻镜像外的一两朵嫩黄花瓣
轻轻敷在伐刀下，快乐感来自伤口

选自《海岸线》2018年第1期

《第三说》诗选

《第三说》2000年创刊于福建,已出刊9期。主编吕维东,创办人何吉发、肖建华、周士明等。第三说诗群是主要在网络第三说诗歌论坛写作和交流,写作观念、倾向比较一致的诗人群体。"三"意味着更多的可能性、创造和发生,意味着对第一、第二的怀疑,意味着脱离和逸出,意味着超脱,意味着自由倾向,也是通向隐秘、内向和孤立,通往现实与虚无的边境。

关于朝关于夕（外一首）

◎安琪

这些灰色砖块在阳光中没有面孔
你对这些斑驳的，剥离的，灰色的砖块
包围住的城有何可说？
你对及时行乐有何可说？你对
永垂不朽有何可说？
关于朝，关于夕，关于朝不保夕你又
有何可说？

单面女人的孤独之牙

未被命名的女人有着单面的额头
她鼻梁尖挺，嘴角平整
她单手按地
单脚着地
她虚拟出的一只眼
被你我看见
也被她虚拟出的假牙看见
那牙如此白净而弯曲恰如你我的孤独
——你的孤独很白净
——我的孤独很弯曲。

分 枝

◎康城

你站在分叉的树枝上
只是分叉,而不是两棵树
不是两条道路
让你惊惧
而你紧紧地抓住此刻
仿佛一动念
左脚回到过去
右脚跨进未来

你现在要做的是对抗空气
隐约的浮力
不让自己轻易上升

生命的天敌
事实是你为那点红色停留

月光来到雪地上

◎冰儿

月光来到雪地上,没有人认为这是一种冒犯
两个自身会发光的东西叠在一起
光芒更强的那个,会获得一股神奇的力量
像一把电钻,笔直地进入一块金属内部
火光中,它们相互燃烧着
火花有时会溅到雪的表面,留下一小片水渍
雪很厚。雪地深处埋着一座废墟
要想在那里面,找出一些亮晶晶的东西来
除非雪全部融化
在农村生活了多年。我无数个夜晚看见
月光落在雪地上
那是我一生中经历过最美的时光
像用山泉洗净刚摘的野草莓放进嘴里
它们都是大自然给予我最好的恩赐
成年后来到城市。我再也没有见过
一种野性与另一种野性,那样完美地融合

辩护人

◎辛泊平

生命低于尘埃,正如四季的植物
在尘埃中黄,在尘埃中绿
无需证明的存在
填满黑洞一样的时间

你瞧,那个神秘的人还在路上
那个曾和你父亲同行的人
依然有着光洁的面容
依然沉默如铁

他已错过了最后的旅店
黑夜之中,我看见他冷峻的眼睛
看见眼睛深处的恐惧与屈辱
熄灭的火焰与飞扬的灰烬

我无法读懂残缺的族谱,被修改的卷宗
辩护人被逐出法庭
我只有追上那个见证者
与他同行,听他说话

霞光照耀早晨的露台

◎ 燕窝

来了，风吹拂冬日初阳的道路也吹拂脚步
霞光照耀早晨的露台也照耀我
几抹干净新鲜的工笔画，屋前屋后
露出细碎的妆容。贴花黄，理云鬓，青山如螺

文洁雅，去雕饰
花容隔道相看。一场雨刚刚打过电话
尘埃落定
内心嗡嗡叫的蜂群和喧哗，可以放归田野了

罢了。这眉眼直白的莽撞，也有回甘的细节
放学了，种子们跑出学堂
用它们的芬芳与成长，安慰了
清冷的人世间

采苗叶，去苦味，淘洗净
油盐调味
用一只云雀渐次穿透云的山重水复，绕舌而下
它是甜味的孩子
运送果实内部的闪电
落于你我的唇齿之间

林间小路

◎落地

林间小路
和我
单独在一起

我沿着它
走走停停

最后浑身发抖躺下去
它火焰般炙热
让颤抖的身子慢慢平静

我发现了我
像一根潮湿的树枝
伸进幽蓝的火焰

以上均选自《第三说》总第 9 期

《野诗刊》诗选

《野诗刊》2015年1月创刊于河南洛阳,已出刊2期。创办者张朝晖、余子愚、杨国杰、雪子、高野等。野,是一种乖戾而自由的状态,是对语言越轨冲动的一种呼喊。办刊理念:诗歌文本永远大于诗歌行为,不标榜任何主义和流派。

慈悲（外一首）

◎田地

春风生暖，慈悲为怀。想寄一封信
给万里江山

牛羊的属相和姓氏，长在河坡上
春风借草木修缮人间

年前，有一声羊咩：苍凉、低沉、困于肺腑
从菜市场口响到今天

妈妈。妈妈。仿佛一直在捂着嘴喊
仿佛春风寄来的这封信忘记落款

雪落 2016

雪仍在落，和去年一样
雪落在词语的间隙
雪，在寻找她患病初愈的主人

雪，渐渐覆盖了青春和诗行
洁白，冷静，走失——是我

想写,而尚未写出的那一首

一个诗人,仍想写一首诗的
时候,也恰是雪从抬头处落下
落下,也即是返回

雪,并未担心融化
雪,担心的是一句诺言,一直在冬天
飘着。像一面白旗,自灵魂垂挂

母性(外一首)

◎沫儿

湖边。
一只灰白相间的母鹅
一动不动地趴在绿草围成的篱笆中

有风声试图靠近
她立即奋起如盾的翅膀

她的脖子
像蓄势待发的弓
随时准备把尖锐的喙和一颗脑袋
弹射出去

她的腹下还没有一只蛋
她身边的草还没有结出一串草籽

母　亲

我喜欢绿皮火车
的轰隆声。它能让离别的泪水
流得无声无息。

我喜欢你
低着头不作一声，缝着手中的麻袋。

而我从窗前走过
手中提着行囊。你不用抬头
就能看见打转的泪花。

我们已经习惯
把感情深藏。

就像我把你的相片
夹在一本厚厚的书中。

我在夜深之时
把你端详。照片上的你，人正中年。
像我的姐妹。

为什么是海马

◎朱怀金

你的大脑中会跑出一匹马,
或者蹦出一只弓形虾?
一头大象用虚构的鼻子挠你,
这很可能影响你口中射出的那支箭。
你还可以把大海
装进玻璃缸。
这样的混搭,你和上帝
就差一层窗户纸。

你可以生下一只海马,但
为什么不是麒麟?我的奔跑足够快,
头发足够长,和野兽只差丁点的距离。
如果这丁点足够薄,诗歌和煎饼
就可以共享一顿
权力的早餐。

为什么是海马?也许我的职责
只是生下你。剩下的,你只能
用看不见的鳍,站着游。
虽然你是透明的,也是隐身的,或者是不存在的。和诗歌隔
着
五千年的距离。

我拍打着脑袋,拍打着海马体。
《左传》说,孔子获麟而绝笔,
我把大海又放了回去。

月　亮

◎刘客白

众人喧嚣的晚上,它坐在穷人的屋顶
照耀着我至高无上的肉体,安静如逝去
时间是一棵苹果树,甜蜜而又璀璨
孤独之手伸向那来自天边的声音
有一个农民用黑暗认出了他的儿子
溪流和荒草呼唤着他的脸
风拉着他的衣襟
夜深了,他在唐朝的街上寻找一个合适的词
他继续走着,回家的路在他身上继续走着

　　　　　　　　　以上均选自《野诗刊》总第二期

《麻雀》诗选

《麻雀》2010年9月创刊于广西柳州，半年刊或年刊。创办者刘频、大朵、侯珏等，主要参与者、支持者田湘、周统宽、蓝向前、泓辰、冷风、虹浅浅、谢丽、飞飞、蓝敏妮、申海光、举子、袁刘、卢鑫婕、东禾、莫静等。办刊宗旨：区域性、草根性、先锋性；办刊理念：诗歌气质生活化，坚持忠于生活，把生活的发现转换为诗歌，艺术上兼容并包。

掌上风水

◎ 蓝敏妮

一只蝴蝶飞，一直不停下来
它的背面你没看到
你看到的斑斓是它想让你看到的
背面不斑斓，或者斑斓里有暗淡
这是旧时遗留的小风水
不可说

小的脸配得上一双蝴蝶骨
在鼓风的衣衫下煽动
薄薄的人，薄薄的绿叶子
堆起一个秋天清晨的雨声
一辆平板车从七月翻过八月
她翻看纸票的正面又反面
菜叶在她手心里翻动，一直
没有掉下来
像一只绿色的蝴蝶

没有人可以看清蝴蝶的另一面
也没有人看到另一个人的掌上风水

今天白云勤快（外一首）

◎周统宽

今天白云勤快
天空擦得很蓝
太阳在很远的地方想你
我提一篮荔枝
走过人民广场
走进历史博物馆
在廊檐下
品味一段唐朝的爱情
最后我决定
我要绕过联合国决议去看你

眼睛为所有的泪水睁开

旗帜越过舷窗
赤裸裸地在海面飘荡

渡轮落下黑黑的灰
覆盖另一条去路

眼睛为所有的泪水睁开
一只鸟迅速隔开有罪的诗行

口袋里还有几枚梦想
月亮使劲地将我的夜摇蓝

给阿姆拍荷花像

◎水青衣

荷上有暗伤
花尖的粉一直追着茎上的白
由浅浅而淡淡
我用手轻轻拨一下，再一下
荷叶颤了几颤，缩回
荷塘深处
我也继续沉到阿姆的信里

村上有条溪，没有荷塘
阿姆年轻时是最好看的花
比荷还粉，还白
微微笑一笑，溪水都颤起来
她不知道
我也没有告诉过她

今夜有风，从家乡往江南吹
我在西子湖，趁没有人路过
偷偷摘一朵

小跑去邮局
给阿姆在小溪旁,来一张
自拍的荷花像

月光很贵

◎骆建宗

我有一罐月光
陈酿
标很贵很贵的价格
却从来不卖

如果遇到来自月亮的人
我会开封
倒进一只透明的
大玻璃杯

加一片柠檬
两勺蜂蜜
再投进几方
绿茶做的冰块
在稻田边
举杯

若是照亮了整个夜晚

我们便一醉方休
再不醒来

若是只剩下
黑的罐子
即使月光碎了一地
我也要
一滴一滴
收回

垓　下

◎韦斯元

垓下是个残暴又温情的地方
借着响彻云霄的一万分贝厮杀
它把尘土共振成滞重的空气
然后，卸下楚汉兵将的盔甲，顺手
卸下他们的脑袋、肢体
遍野横陈，用气味、造型和色彩
让未死者体会何谓
惊心动魄壮阔沉雄

垓下的音乐，其悲催，绝世仅有
当它从四面八方袅娜而至
立刻惊艳了所有楚兵

楚营灯火通明,一片死寂,没有人愿意或能够
掐死那一阵阵温暖着多年冷血的乡音
高贵的嗜杀者低下狂傲的头颅
一曲柔情自心底缓慢淌过
虞啊,虞啊……一唱三叹
垓下的柔情成了天下标杆
让军中唯一的女子痛不欲生
一剑封喉

以上均选自《麻雀》总第 19 期

《鲁西诗人》诗选

《鲁西诗人》1995年5月创刊于山东聊城,已出刊133期。创办者张维芳、姜建国,主要参与者、支持者张军、姜勇。《鲁西诗人》的出发点和落脚点,在于启发和督促诗人们拿起笔来,写出精美的、不拘一格的诗篇。创刊以来,引领本地作者多次参加采风活动,举办全国性诗歌大赛、朗诵活动六十多场。

蒺藜花（外一首）

◎张桂林

零星的小花
散落民间的一首小令。
落草为民，过小日子
走羊肠小道，随坡就势
它有小悲喜，小眷恋
眼中没有荒芜，只有辽阔
喜欢把心思说给清风、蜂蝶
听虫鸣，流水

它口有蜜，腹无剑
不偷施暗器，不谄媚
更不会图穷匕见。可以采其蜜
偷折一点点芳香。
它比我豁达、幸福——
芒刺外露，彰显小个性，小尊

秋天，你要慢下来

秋天越走越远
我身后的事物，像只猎犬

逡巡，低吠。这更令我不安

虫鸣唧唧，芦苇俯向水面
这即将走散的，转世轮回的
相约明年，悄悄地交换相见的密语

风一次次跌倒，又一次次被利器刮伤
怀抱着落叶和枯草，找不到安身的地方
再遭逢一场雪，它就会白发苍苍

秋天，你要慢下来
在最后的一场雨中，我把自己掏空
洗净。一条路走到黑

选自《鲁西诗人》2017 年第 3 期

豢养两粒词语

◎翠微

那几条游泳的红色金鱼
身段柔软曼妙　优雅转身、悄然滑翔
用哪个词都不足以准确地表达
它们的灵动

像是谁舞起的一朵红绸，若有若无

是我初见的一个事物
我的一个诗句——脑海里瞬间涌现的灵感
带有温度的光芒

我想在我的每首诗里
也豢养两尾金鱼
——豢养两粒灵动光泽的词语

我的视力刚好够把星空看得很美（外一首）

◎微紫

雷达，昆虫的复眼
我并不需要
我的视力，刚好够把星空看得很美
刚好看到玫瑰，花瓣喷涌
树叶呈现色彩的大门
地平线阻断了星宇坠落的悬崖
在这里，我获得的
都是视力所达的名称与概念
我视力所达，刚好是世界最美的状态
在这里，我拥有
一个白昼与一个黑夜
品尝一次生，体验一次死
中间翻涌着爱欲与悲伤的波浪

穿过暮色的黑影

童年的一个傍晚
我看到一条动物的黑影
穿过院中暮色
迅疾而逝,像不曾出现
我不知它是什么
只能用那道闪电般
划过的恐惧感,确定它
谜一样的降临与存在
因无从描述,亦无人给我解答
后来,我到了更广阔的世界
了解了更多的未知
淡漠与畏惧也同时扩大了
它们的面积和外缘
唯有那条暮色中的黑影
仍一次次穿越黄昏
像封存于乞力马扎罗峰巅风雪中的
飞跃的雄豹

告 诉

◎弓车

告诉风,狂风、飓风尽管往我身上刮
而微风、和风,则吐给庄稼叶子

告诉云,将闪电、怒吼泻给我好了
而把甘霖一颗一颗,挂在花瓣上

告诉太阳,把火,烈火,烤炙我
而将温柔、红色的甜吻,一个个送给果实

告诉河流,用浊浪击打我的前世与今生
而用碧水养我的鱼虾、静水搂着月亮

告诉牧神,鞭打我时不要手软
而对牛呀、羊呀,只需吹响牧笛或天籁

告诉上帝,怎么将我造的再怎么将我毁坏
让蚱蜢继续流浪,蝴蝶盗剪春天的衣裳

有没有

◎冯彩霞

有没有一朵花,忘却了秋天
烂漫地开在新娘的头上
有没有一枚落叶,忘却了秋风
兀自去旅行
有没有一声鸟鸣,啄破秋天的裘衣
为爱巢又衔来一根断枝
有没有一个人,在深秋
披着金黄的铠甲,却非要榨出春天的汁液

以上选自《鲁西诗人》2017 年第 2 期

《群岛》诗选

《群岛》1984 年创刊于浙江舟山,季刊,由舟山群岛诗群同仁筹资创办。办刊宗旨:"独立、开放、海洋、民间、新锐"。《群岛》正逐渐成为建构地域文学空间的重要力量,也成为一个具有地域特色的文学品牌。

美如繁花之败（外一首）

◎ 盘妙彬

星期天
微微湖风是心上人，在，又不在
玩牌于树下，几近于颓废，又美如繁花之败

花有壮美的身体
是我看到的
云朵自在，在天空养马，筑自己的寺庙
是风看到的
望尽蓝色的湖水，喜马拉雅山南麓还在很远很远的路上

牌在手上歇息
繁花在溃败的途中停顿

一夜春风

过江去找春风的那个人
昨夜返回我的身体
一阵窗帘动，翻墙入户的声音从轻微到大胆，他换了我
他坐在书房阅读到深夜
他穿过走廊，到厨房倒掉药渣，洗净瓦罐

早晨,天空搬净了石头
一江春水换了身体,又是初一,我把这事告诉了菩萨

吃了一夜春雨的香樟
从新婚之夜刚刚睡醒
它站在窗外,静静望着我的卧室

选自《群岛》2017年第1期

黎明前(外一首)

◎胡弦

黎明前有个人死去。
树叶沙沙响,空气中的氧
又被重新分配了一次。

黎明前有人在倾听寂静,
灰尘和窗格在吸收那寂静。
猫穿过人间。一场大雾,
在摸索更大范围内发生的事。

黎明前像个低音区。
纸张空旷。道路试图从林中走出。
死者,半个身子有光,半个身子,
还滞留在昨夜的黑暗里。

云

云在天上飘来飘去,变来变去,
我们说它像什么什么,其实,
我们和云都知道,云
从来就不是那样的东西。

云一直从事着这样的工作,
不愿在某个造型里久留。
有些越飘越高像永不再回来,有些
则越压越低,进入尘世。
但你很难置身其中,总是转眼间,云
就从某个角色里抽身而去。

自得其乐,呆在具体化的边缘。
多数时候是轻柔的,偶尔从其中
传出雷鸣,和自我解构时难以
消化掉的闪电。
偶尔的,排出整齐鳞片,像一只
巨大的怪兽突然出现在天际。

巨石啊（外一首）

◎马启代

——巨石啊，我被一阵过路的风惊醒
我看到你压在一抹阳光的身上
不知是酣眠，还是在思想？

——巨石啊，我被一团迷雾呛湿了眼
我看到了众人如何把你推高
如一天潮水从头顶走过

——巨石啊，我被大地上的沙砾抬高
我看到了你体内飘满了沙粒
那些沙粒，正透过人们留下的掌纹

流着泪，被绝望清洗，在春天里逃生……

诗中有流光枯荣的声音

天空的体温正在下降。我看到了热量隐退的影子
石头要把暖缩回内心
人把梦撤回梦里

蓝愈来愈高,让人心酸的那种蓝,跑满了棉花
菊花的额头一点不烫
枕头上山河津凉

——美总是猝不及防,在最柔弱的时节击中我
诗中有流光枯荣的声音
适合我收获和仓储

以上选自《群岛》2017年第2期

霜降(外一首)

◎宫白云

树上伏着稀疏的白云
在冷风中战栗
曾有鸟儿在那里的枝头鸣唱
村庄从未留住那些途经
那白发人,仿佛还在三十年前
挥着他的手臂
我看到的那霜白
一直在视线中闪烁
也许冰凉的暖,才是它的宿命
就好像菊花败了又开
这凉薄的节气替我翻看了一下那时的山水
在它往复的尘埃之上

我觉得已旧的血又再度新鲜
仿佛迎着朝阳的小孩
弥补我的衰老
直至静寂将我包裹
他将替我年轻

虚掩之门

坐等钥匙的人,大多活得焦急
一副囚徒模样
其实是自己设置了自己
让门锁在身上
许多时候,那门都是虚掩的
只要肯去推开
没有谁会愿意活在打不开的空间
谁都想看看门外没见过的世界
异域、异己、天马、侠客、寓言、巫术
弯刀、古城、陆小凤、洛丽塔
樱树上的红色樱桃
在虚掩的一道缝中弯曲的样子
芍药盛放
花瓣一扇一扇门那样开

梳　头

◎施施然

从发尾开始。用手指
捏紧桃木，或牛角
的柄。用梳齿，轻轻
打开缠绕的结
梳通浓密的中段。梳向
油亮的发根。
长发分成几股
扎成马尾
编成麻花
系上粉红的缎带
或什么也不系。
她用一把梳子
桃木，或牛角的，
梳。在清晨，在傍晚
在课间的走廊里，在出差的飞机上
在初恋男友家的厕所
在酒吧微醉的镜前
柔媚地梳。
发狠地梳。
从大地吐绿的春
到夕阳尽染的秋

长发梳成短发
直发梳成波浪
栗红梳成灰白。她
梳了一辈子头发
一辈子都在尽心尽力地梳。
现在，她端坐在梳妆镜前，抚着
稀落的头发，忽然发现：
刘静、冬梅、胖子、四眼儿……
这些名字
和那些发丝
梳着梳着，就不见了。

      以上选自《群岛》2017 年第 3 期

《蓝鲨》诗选

《蓝鲨》2006年12月创刊于广东阳江，阳江诗歌学会同时创办，目前为半年刊。主编张牛，执行主编陈计会，执行副主编黄昌成。《蓝鲨》倡导诗歌的现代性、探索性、现实感和地方性，每年举行"新年新诗会"和"五月诗会"，围绕《蓝鲨》发表的作品进行品评、交流、朗诵，成为当地主要的诗歌品牌。

身当矢石不语才是战斗

◎唐成茂

面对山盟海誓　风雨中的石头
一言不发
不是石头无情
是石头要让雨水清洗干净
我们的誓言

面对功名利禄
有的人惊喜地褪去裙子
有的人用滔滔之水浇灭友情
只有石头
宠辱不惊　笑而不语

爱情是不是需要石头的坚贞和坚持
人是不是需要石头的清醒和清白
爱与哀愁是不是都像美酒　喝了就会沉醉
心扉打开是不是都像石头　无声胜有声

身当矢石　隐忍就是命运　不语才是战斗
无论人生是不是水滴石穿
石头肯定有自己的观点
石头肯定有喜怒哀乐

石头的心跳　春天一定知道
石头的爱恨　老石匠一定清楚

每一块石头都是天上的过客与流星
每一块石头都承载着一个国家的使命
就是粉身碎骨　身首异处
对天下人之爱　也
坚如磐石　有时还
血脉贲张

夜　色

◎穆蕾蕾

夜
这么好色。
你看它拉动黄昏那块斑斓的桌布
将一切色彩都放在桌前
慢慢餐食。

尘世都在它深渊般的欲望中，蒙上阴影。
一切声音都屏息凝视，
只有虫儿发出微弱的求援信号。

借着一只灯去探看。
花是香的，竹有幽绿，万物都玉环般挂在风的腰间。

夜是好色的,
但它老得已经没有牙齿。
想着它爱美如斯,
想着任何爱与被爱,都是一场相遇中的渐行渐远
我竟绕过一捧修竹,放到它桌边。

独白（外一首）

◎陈计会

春天来了
花朵们都参加合唱去了
我还留在原地
并不是为了标新立异
我只想听清自己的声音
而我的声道嶙峋、喑哑
寒流还封锁着火焰
我只好选择沉默,抱紧懦弱
你知道,霸道的春天
她不允许我独唱,更不允许
我的独唱带来杂音

抱　紧

尽情享受生活吧，明天是捉摸不定的。
——庞贝城格言

今晚重读庞贝古城
透过那近两千年仍未散尽的尘埃
我不禁抱紧了寒风中不断下坠的内心
但我无法抱紧身边这座城市，它的灯红酒绿
与我有关或无关
一个人有多少能力抱紧身外之物
又有什么身外之物需要你抓住
一切都会随风飘逝，包括
你紧抱不放的内心。没有谁命令你
但你依然在风中保持这种姿态
并且让它接近钢铁

夜读（外一首）

◎容浩

书中的勒庞早已看透人类。那么窗子
是否仍要通向繁星？

深夜的汽车与空气擦出声音,像某种生存练习,
总有一些人在夜里出发,而我们
要等到天明。

明白一些道理让我感到压抑,
事情很明确:雪地里有雪,不会有
银色的乌鸦;
那些盲目的人,投入目盲的世界里。

那年冬天,一对将要分手的年轻人一无所知,
他们把名字刻在树皮上。

中 年

前几周跟同学们
讲汪白的《中年人》,
想起那年同学给我电话,
说广州大雾,飞机无法起飞,
另一头,他的妈妈病危。

想起那年他接完老家来电,
冲到河边的桉树下嚎啕大哭,
他才发现此前所有的哭,
似乎都不能算哭。

以上均选自《蓝鲨》2018年第1期

《端午》诗选

《端午》2018年6月创刊于贵州，季刊。主编赵卫峰，主要成员西楚、朱永富、程一身、刀刀、樊子、方文竹、霍俊明、李以亮、梁雪波、林馥娜、杨碧薇、张德明等。《端午》力求搭建质量和品位的诗与思园地，为中国诗歌文化之林添绿。

夜跑者不遇（外二首）

◎李瑾

整个夜晚站在我的背部，道路宽阔
又布满轻而易举的崎岖，冬天即将
过去，一些人会从
枝头冒出来，带着满脸新鲜的不安
和妥协。路灯能够轻松地打开黑暗
却无法安置自身的
轻重，几个人在我前面走着，满天
星斗隔着西山在我们中间起起伏伏

现在，我是自己的偶遇者，我喜欢
在熟人面前放弃高处，也放弃低处

直　觉

彼此都会转瞬即逝。在拐角处，我和
一条路的偶遇是暂时的
和自己的偶遇，也固定在某个容器内
我离开以后的空间，有人会迅速填补
有人会继续着我的移动
仿佛路才是真正的母体

更多时候,我会悲伤自己的衰弱衰老
也会庆幸,我身体的存在不过是一种
形式主义。当然,面对
消失可以闭紧双眼,想象着山川草木
和人是邻里关系,不经意时,静谧和
光线就会被一个摄影师
全部拿走,在神面前给
我们留出一个位置。命运则是深邃的
一只鸟带着雨飞,乌云慢慢将它托起

归 来

仿佛你我不能靠近,时间的破碎由
一个站台承担。侧耳倾听
人间发出巨大的轰鸣
唯有草木之心让人满腹羞愧。铁轨
被天际线带走,弯曲对人视而不见
一阵阵春风多事,把自己
和几株白玉兰移植到
落霞前。我的命运就深陷入这一瞬
山河那么旧,也深深地陷入这一瞬

仿佛你我不能靠近,仿佛我被站台
拖着,和肉体握手言和又乘车返回

偶想（外一首）

◎巴客

书架上并排挤着佛经、《圣经》、《可兰经》。是的
它们都在书架上，挤在一起，像
三个沉默的兄弟

我默默地看着它们，就像是它们的
第四个兄弟

红

孤立的人回想狂喜
在他的时间里
猎人扎堆

每一个人肩头上扛着的世界
都有与疾病和饥饿交织着的古典音乐
那些乌黑的呼吸，那些疲倦的语言
宽慰着教堂或者寺院
看吧，当夕阳西下
人必定又成为夜的
猎物

彷徨奏（外一首）

◎杨碧薇

恭喜！在我的黄金时代
我迎头撞上的，是猝不及防的冰川纪
瞧，沉默的山河一如既往
如含饴糖，将万物之命门抵在
牙床和舌尖中间
小隐隐于尘埃，大隐无处隐
我的虎爪在琴键上砸着凌乱的空音

故　乡

那一刻独属于你：
你踮起指尖，一点点揭开天空的金箔纸，
抿到黄昏刚出笼的草莓心。
之后，整个夏季被加封透明的唇印，
广播唱词击中另外的少年，
护城河畔荒草淋漓，鸽群飞进了时光的抽屉。

总会有时因自由而苍茫，
总会有时因辽阔而悲伤。
总会有时，北方冬夜的琴套抖不出一颗星辰，
那一刻就涌来，轻敲梦之门。

河山万里，轻舟如梭，
你手持钻杖走回襁褓。

牡丹（外一首）

◎朱蕊

众卿，重瓣牡丹亦是为我单独设立的朝廷
毋须兵马大元帅统领
众卿，假定江山社稷仅是托辞
你们随我涉乌有的江水，缓慢抵近南方
故土在身后，弯成一钩月亮
春风豪放，姹紫嫣红的红，红起来
颇有几分凶狠的模样

悬铃木

众卿，雨水有节气的残忍和血性
隔着诸多省份，我暂时忽略的城池和民生
如悬铃木一般隐忍。我没有类似的感情
在江湖浮生，屏住脾性
偶尔拔刀相顾，四野皆茫然
我已习惯听天由命
潦草过半生。不争，也不争

在大地低处飞

◎ 安乔子

我喜欢把翅膀低垂,沿着人间最优美的弧线
从高山到树林、花朵、浅草、蚂蚁
我渴望——和它们亲近
大地那么忙碌,稻田和河流那么幸福

每一次低飞,都能让我听见万物的浅吟低唱
让我看见所有穷乡僻壤
让我小小的心开始爱,从一片飞到另一片
每一处都像那生我养我的村庄

我没有言辞对大地表示热爱
我以一只飞蛾深入每一户人家。大地的灯盏如同
母亲一句不变的叮咛
让我紧紧地投入她广阔的体温和怀抱

如今多少同类已经远飞,而唯有我的瘦小与坚韧
我深深的爱
让我终日在低处留恋

以上均选自《端午》创刊号

《鄱阳湖诗报》诗选

《鄱阳湖诗报》2016年6月创刊于江西鄱阳，季报。主编石立新，编委会成员许天侠、关北、余晓、刘淑娟、王长江、徐冰峰、吴红铁、姜盛武、毕海平、陈昱锋。主张诗人应该"以诗歌之名生活，以生活之名诗歌"，以此达到诗意地栖居，提倡"风格多元，题材当下，情感饱满，格调向上"。组织举办"秋棠湖论诗"、"每月诗歌分享会"、"诗歌进校园讲座"等活动。

访白云寺

◎石立新

有人在雷打石,看朝阳点赞青山
有人在潘村,暧昧腰身纤细的隔夜新雨,你
　说白云寺
离白云其实好远。白云悠然,无垢,白云的
　机锋
无非白云,而人间刀枪剑戟,乒乒乓乓,
能和白云过招的事物委实太多

行者托钵,金刚怒目,观音拈指
明白人,糊涂人,用一刻的虔诚,拜不同的
　菩萨,求
相同的庇护。白云无迹,无求,看绿树专注
　野泉,
岁月剃度修行,这大好白云,朗朗乾坤
谁来对阵香火,拉我弃暗投明

选自《鄱阳湖诗报》总第五期

母 亲

◎刘淑娟

一

我对苦难没有更深的认识
她就是你的样子
我对安稳没有更深的认识
她就是
苦难之时，你在我身边的样子

二

一切的幸与不幸
一切的深情
再没有什么语汇可以
形容，你的悲欣

三

辛劳与过去的岁月相连
山林与薪火相连

一椽一瓦
万千大厦

你在广厦间,你在田园间
秋风静寂,溪水潺潺
你在荻花深处

立春(外一首)

◎鄱阳余晓

再垒几个土块
坟就高了
岳父就能直起身子
站着和我们相见寒暄

油菜正肥,孩子们
玩着泥土,野草很欢
太阳刚好,不热不燥

我们用手拍打着松软的坟头
就像拍着他宽厚的肩膀
虽然未曾谋面
但此刻,我们
彼此都能感觉到
春天的存在

选自《鄱阳湖诗报》创刊号

春风辞

一个孩子
在作文中说
奶奶走了,妈妈也走了
再没有人抱她、亲她
以至于整个冬天
我都小心翼翼
避免在她面前提起
北风、雨雪,生怕
她的孤独会像寒潮一样扩散延伸
幸好,春天及时赶到
春风把她和万物都揽进了怀抱
她又可以
和蜜蜂一起游戏
如山花般烂漫起来

选自《鄱阳湖诗报》总第三期

西山禅寺

◎刘康

车过西山禅寺,突然抛锚
我知道,肯定是做错了什么
西山娘娘有话要对我说
放下包,和身后的袱
放下手机,这是诸业之障
我是来行跪的,在娘娘面前
不需要那么多虚礼

伏在案前,就必须要把自己掏空
掏出一桩桩往事
掏出一枚枚钉在骨头上的铆钉
掏出久治不愈的顽疾
掏出疼痛,在肩胛,在心口
大殿里的每一束光
都是一把利刃,削骨,剔疾
忍到把牙齿都咬碎
体内的疼痛,才能熬成舍利

烈日下,寺里空无一人
我不用担心,一只蟋蟀
会泄漏我的秘密

影 子

◎许天侠

一直以来,不敢与影子对视
它是我潜藏的另一面
从来就小心翼翼地安抚
让其寂静地活着
不闻花香,不谈悲喜

在尘世游历得太久,可我还是怕
怕一不小心,它就开口
道出真话

以上选自《鄱阳湖 2016 诗歌年选》

《赣西文学》诗选

《赣西文学》2007年创刊于江西萍乡,季刊。主编漆宇勤,创办者漆宇勤、李林峰、赖咸院、陌上七言、彭阳、刘华等。

暗烧（外一首）

◎漆宇勤

只有煤炭的黑无关脏污
它的黑无法成为镜子
照清楚一个人的脸或一群人的鲜明对比
它的黑干净，温暖，深邃
即使是煤渣或者矸石
内部也充满了力量与脾气
很容易就有内火在暗烧
——在一座山的深处
黑到极致便积蓄了足够的阳光
无需谁去点火

掌　心

往大处说，我们对这世界一无所知
十二月，三月，收获的九月
每一处都可能成为我们此行的终点
积雪覆盖的荒野里，也能踩出繁茂的路

你究竟要什么，一百个人里九十九个不回答我
掌心里开花掌心里结果

掌心里没有任何人握得住一个世界
冷风一吹就吹老了一个人
暖风一吹，能否又将他吹得活过来

扮演强悍者其实最脆弱
他强不过一无所知的那部分
强不过一片荒野转眼成了工地
一大片树木，在最好的年岁抵达终点
不愿逆来顺受的人住在别人的掌心里

这浩瀚城市（外一首）

◎刘华

这浩瀚的城市如谜语般
它的影子泡在汽油的燃烧里
秋风吹得梧桐叶瑟瑟直响
一条河流不断输送运沙船上岸
高楼里稳如雕塑的白炽灯
送出迷迭香的光芒
一切事物朝着未来狂奔
我像一具从泥土里爬出来的
骨架，一人顶一万个人
敞开胸怀去接纳万物之苍凉

雷霆在闪电之后

雷霆在闪电之后
世间万物皆有章法
如蔷薇偏爱阴凉之地生长
无人愿与己为敌
向自己的舌头投掷梭镖
我从一个陷阱步入另一个陷阱
伪装术将成为圆滑的保护膜
我曾羡慕剧中闪耀的人造物
但我已有自己的剧本
如樟树叶伸展向星罗棋布的夜

恩惠（外一首）

◎山月

有一天，米缸里生了虫子
我曾就此消磨了一个下午
试着将它们驱赶出我的生活
当时，阳光暖暖的
妈妈只穿着单薄的毛衣出门
虫子在光线下开心地打滚
而我从来没有注意过的，米粒洁白

她所养育的生命
有的在陆地上行走了很多年
有的被她紧紧抱着,一步也没离开

无法平息

一件衣服
因起了皱褶
而有了眉头
眉头紧锁的样子
是你将它拎起来
使劲甩荡,也
无法平息的
怒不可遏
你多年前也可能如此
因乳牙萌生
而渐渐懂得了
咬牙切齿

坑背村（组诗选二）

◎ 赖咸院

一

那年洪水漫过坑背村
我死死抓住一株荒草得以生还
梨树没有这么幸运
它被连根拔起，葬身洪水中
据说，当年种梨树的地方
如今改种桃树了，每当春天来临时
它便穿上红棉袄
可惜，洪水一直没有来
再不能让它轰轰烈烈地牺牲一场
盘卧在村头的一块丑石
当年洪水远远地绕开了它
或许是洪水也嫌它丑吧
那些村里的花花草草、小狗小猫
也不曾在它身边
多停留一会儿

二

去坑背村的人，不是亲人
就是走亲的人；他们或许见过灯红酒绿

但一株稻子便把他们拉回
他们向往大城市，又想回到坑背村
一些人回来了，另一些人
回不来，他们还得在外面打拼
活在疲惫中，并在疲惫中时刻想念坑背村
对于家乡的只言片语
他们牢牢记在心里，满地的落叶
还等他们拾回，在日渐远去的眼光中
是一亩荒芜的田地，和曲曲折折的小径上
缓缓爬过的蚂蚁
他们都是在等待认亲

以上均选自《赣西文学》总第 14 期

《37 度诗刊》诗选

《37 度诗刊》2015 年 12 月创刊于云南楚雄。主编帕男,主要参与者苗洪、关正平、蓝雪儿等。《37 度诗刊》倡导"各美其美,美人之美,美美与共,天下大同"的诗歌理念,尊重个性,包容不同,取长补短,互相进步。创刊以来成功举办了 12 次全省性诗会。

从春天开始失明（外一首）

◎诺苏阿朵

从春天开始失明
花就开在我摸得到的地方
窗台，旧藤椅，收音机
茶杯边沿和一只猫的耳朵尖上
深一脚浅一脚

而风也必是饮尽一蓬蔷薇，半坡荞花
暗合我眼中黑夜的酥软
慢慢加深整个身子里
蹲在地上那部分的斑斓

我听清了
一片最小的阳光
含着苞
微微鼓起桃唇
忍着小欢喜
像正在走过来的一个旧人
轻易地
我摸到所有死去的形态都活过来

请 求

此刻醒来的,干净的四野
请嚼着草,像嚼钻石上的光芒
能阅读,能开花
让那些藏在石头里的额头
提着灯盏,回到密集的寺庙

如果没有嚼到钻石上的光芒
嚼到黄沙,那也要感谢饥饿的天空
留下了星斗,抬头就看得见
自己在自己的命里磕长头

四野要是继续醒着
那嚼嚼风,嚼嚼摇晃
嚼嚼嚎啕大哭
嚼嚼最后一次相遇
实在嚼不动了,就让
云朵跪在地上
请求穿红色袈裟的僧人
赐一个完整的灵魂
继续爱着人间

埋你下去　我是谨慎的（外一首）

◎帕男

那天黄昏
敲锣打鼓　然后埋你下去　培土　打上标记
等着一场雨水
等雨水下透了　再看看　有没有可能长出　被埋的人　一般都被时间砍断了根须
靠一根光杆
很难

一些水
当驻进鼎的腹里
就等于以鼎为坟　不需要加盖一物　那些盖棺了才被论定的水　一般都是诡计多端
而且比铁铸的
鼎　更喜欢作恶

埋你下去　我是谨慎的
在道场上
就让师公指给了你一条活路　打铁铸鼎　但不是要以水为敌
若想将水——煮死
那比水死得更加惨烈的
除了鼎

埋你下去　我们一起不动声色地
先行预埋一截同样失去了根须的木头　然后培土　打上标
　　记
看来年的
一场雨水　催生出
我以为能长出的一朵青头菌　就能长出
一条铁律　埋你下去　肯定有我的道理

有一天，一株稻子上突然结满我的父亲

我的爱愈发偏执　有时候只想爱一条米虫
并奢望
那一粒米
来自石榴湾老村
奢望　这一条米虫　也只爱这一粒米　这些年　我一直在
　　钻研
是谁收割了我的父亲
而且有去不还

打从爱上这一条米虫　就仿佛在黑夜找到我们
正在踉跄地回到
原乡
那一株
水稻上
我的父亲

就是那株水稻上的一粒稻子
最后成为米

米虫　一定是有风险地爱上了我的父亲
并且每天
只啃噬一点点
让父亲的音容
渐渐地展示出来
于是　我幻想　有一天
有一株稻子上
突然结满　我的父亲

　　　　　　以上均选自《37度诗刊》2018年第一期

后民刊时代：
诗歌文化共同体的共建与完善
——当下中国诗歌民刊简述

◎赵卫峰

常被简称为"民刊"的"中国诗歌民办报刊"无疑是另种特殊的诗意存在与时光证物，它对于"百年新诗"进程的贡献、对于现当代诗歌文化及精神的普及、探索和影响已渐成共识。它在行进中也不断得到敏锐且宽容的公开诗媒的关注与支持。

2010年，《中国诗歌》以专号形式对全国诗歌民刊进行了一次选萃及联展式集聚，意义深远，此举体现出互联网环境里对诗歌生态复杂性、丰富性的新一轮沟通与理解；正如其主编所言，诗就是诗，无分"民刊与公刊"，只有好坏之分、真伪之分。此后，随着"让我们一起倾听来自民间的声音"的鼓与呼，《中国诗歌》至今持续八年推出年度"民刊诗选"，先后刊发约两千余人次、近五千首诗作以及相关文论，"给中国诗坛展示了别样的风情"。

中国诗歌民办报刊已置身于新的历史时期。从2017-2018年这个"新诗"又一个百年的启始看，数字化新传播环境对民刊生发流变产生的作用力持续，在互补共进的磨合里后者也不断反应变化。总体视之，世纪之交以来的诗歌写作、出版与传播，有利于民刊这种精神作物的持续及生长。在这执着与从容的进程里，亦存在多种外力交叠，也使民刊的面世与成长和往昔相较有着明显变化及差别。大抵表现如下：

首先，诗歌网络传播渐被清醒者辨识，虽然网络传播对纸媒的打压是空前的，甚至一度改变了诗歌纸媒的某些特质，但是，网络对于诗歌的局限和作为传播工具给诗歌传统纸媒带来的不适或局促，较快就得到了内部的调整，民刊的创办与运营于此相对更显成熟从容；其次，经济环境逐渐发生变化，以往作为瓶颈之一的办刊经费压力相对往昔已有改观，诸多民刊的装帧设计逐步上档次甚至不乏时尚华丽，甚至有的民刊亦发放稿酬；对形式的粗制滥造的拒绝，自会拉动内容质量的提升。此外，近年来诗歌文化环境活跃，文学体制内的诗刊为数甚少，很难在短时期内更大限度地满足大量的诗歌写作的发表检测、传播交流和诗歌文化普及传承的需求，民刊的产生或持续存在是为必然。

民刊给诗歌人群的印象历来是此伏彼起倔强生长。倔强也可谓持续性。就近两年看，如《诗同仁》《湍流》《诗》《存在》《卡丘》《蓝鲨》《群岛》《月亮诗刊》《野诗刊》《诗黎明》《抵达》等保持着相当的出刊频率，《非非主义》《后天》《圭臬》《自行车》《诗参考》《大象诗志》等则以选粹、年选方式体现存在，另如《明天》《北回归线》等则以"地方主义"、"先锋诗歌"为旨进行专题展现。

从名称看，不少民刊以地理区间为旗或以编者栖息地为名称标识，这似乎也是中国文学期刊显态特征，如《四川诗歌》《几江》《大西北诗人》《诗东北》《陇南青年文学》《诗江西》《北湖诗刊》《客家诗人》《鄱阳湖诗报》《鲁西诗人》《赣西文学》《洛阳诗人》《唐河文学》《山东诗人》等，但对于诗歌民刊，"番号"或名称事实上并非划地为牢，数字化时空里的诗歌的写读与传播交流并不存在实际上的地理界限。这些民刊一定程度上起到了团结和促进诗歌的一方山水与外界的诗意连接。

民刊数量始终是动态的，这反映其生成之相对简易，即揭竿而起相对比较容易，持续则体现难度与恒心。随着网络环境的茁壮，虽然民刊数量仍然可观，但逐年回看民刊新成员数量相对递减，或行进中便悄然偃旗，故而对其认识应有一种时段前提，或说民刊的名称不等于它的现在进行时，诸多民刊的后来也不等于其初衷。近年来，芒克、唐晓渡、杨炼等创办的《幸存者诗刊》复刊，另有《诗收获》《端午》等面世，它们的共同之处是编辑队伍均由有充分的写作经验、编辑经验的诗人、诗编和前沿诗评家组成。近年来，民刊的存在形式随网络环境调整的情况也是明显的，也因此，一些纸本老牌民刊先后成为名称式记忆，渐与网络合力或以后者为延伸阵地，如《诗文本》《诗歌与人》《诗歌杂志》等以同名微信平台变身呈现。民刊以网络平台为辅助拓疆推进的情况，可视为纸媒与网媒的连袂拓展及对新传播环境的主动适应。

另种适应性变化则似乎是养精蓄锐式的坚守。近年来，曾被网站、博客、微信及相关平台等逐步围攻和压缩空间的诗歌民刊大多数精兵简政，延长刊期，月刊季刊半年刊双年刊方式均机动出现，这能有效体现精益求精的高要求，如《审视》《钨丝》《诗家园》《第三说》《麻雀》等，出刊频率的调整意味着对文本质量的保障。

如果一份民刊在意于作者众多、栏目多、作品容量大，容易成为传统文学期刊的仿袭。于此，避免大而空泛、面面俱到的"类型化"集粹或"专题化"展示，或许体现了保质方面的追求与不落俗套的办刊态度，这将是民刊今后一定时期内的生长点。就2018年度看，如《小诗人诗选》办刊方向细小却有所创意："刊发成名的实力诗人20岁以前的现代诗歌作品"；《无界》诗刊开辟"女诗人专号"；《端午》诗歌读本设置"评论家的诗"；《现代禅诗探索》专注于诗情禅意的探索实践；《屏风》及《江湖》瞄准诗歌流派与"先锋"写作实践；2017年面世的《光年》诗刊则明确：专注译介世界现当代诗歌作品，力求以最准确凝练的语言展现世界诗歌前沿的创作风貌。

显然，诗可以群，但"类型化"、"专题化"倾向至少能为诗歌界面提供积极有为的佐证、记载，体现出审美创新的自觉、异样与责任感，于此，"群"的意味也远远溢出了诗歌交际、诗人友谊等旧有民刊办刊习惯。或可说，如今在互联网环境里，以精品化、专题化、类型化作为内容调整倾向的跨界变化，意味着民刊已置身"后民刊时代"。

面世与流通方式的变化可谓"后民刊时代"的显态表征之一。诗歌民刊及其存在是一种特殊的诗歌史现象，也是一种并非中国独有却有中国特色的诗歌文化传统。"特色"即包括其成书面世方式及途径，近年来，自主出版进一步成为民刊面世的主要渠道。自主出版亦含公开和民办两种方式，一些民刊通过内部出版机构自助印制，另一些则以公开出版方式呈现。后者表面看是"身份"变化，却不意味"变质"。有门槛至少也意味着应该的去粗存精的过滤，有时也意味着应该的"标准"，或说从"出品"到"精品"追求或过渡的可能？从这看，就出版这个门槛而言，当下民刊形式与内容，办刊理念与诗学诉求，更为可观和乐观。当然，民刊用以书代刊方式入世，除了传播思维转化、身份转换等动态要求之外，也与文化"市场"需要有关，这难免引发多种后果，需理性认知。

金无足赤。无论是纸本时代的隐秘生长、顽强存在还是网络时空里的恣意与茁壮成长，民刊应非一成不变，其如影随形的顽症亦须辨识。一般而言，诗人在谈及民刊时，褒赞有加，其悲壮或前赴后继的英雄气息易获认同，类似思维或情怀似乎站位于想当然的必须的高处，或所谓诗歌正义道义角度，无可厚非，然所谓"自由开放"、"试验前瞻"、"探索先锋"等诸概念并非都适于所有民刊；同理，公开公办的诗歌报刊也并非都远离或拒绝这些诗歌精神目标或指标。我们也看到，多数民刊的承载品级仍然逗留于"草稿本"层面，另如失范的诗歌奖、失度的活动和失真的包装宣介也是其常见弊症，譬如"十大民刊"——何为大？类似的命名标准实也颇可商榷，有异议当然也并非坏事。在可以理解的同时，我们更希望民刊的同仁性及圈子化小传统会在路上不断地转化为艺术个性、精品诉求的代名词。

可慰的是，民刊近年来的变化已体现于自我认识与公众认识的同步更新，以往关于民刊认识易呈现的人云亦云的阶段对立情绪、平衡心理，诸如官刊与民刊、精英与民间、普及与小众等的差异性不再被放大，随着出版与传播环境的演变，随着民刊身份、影响力和意义等的拉锯式论辩告一段落，以往关于民刊常见的、来自部分研究者及编者方面的自以为是壮怀激烈的高分贝标榜渐已见惯不怪。或可说，"后民刊时代"的来临事实上也就意味着民刊的进一步成熟，及共识：诗为主，始于诗也终于诗而非诗外的聒噪。

在这努力的过程里，诸多民刊在分类分化过程里成为另种可靠的见证：即诗歌内部的矛盾动态逐渐集中于诗歌本身，写作的主体性、自觉自律思维明显深化。如此，写作的个人性欠缺、难度降低、低质同质现象累积等民刊和公刊方面均存在的老问题就会有进一步被认识和解决的可能。是的，一份民刊的重要，终是在于诗歌精神内存的大小有无，在于品味，即问题最终还是要集中到约定俗成的"质量"上来。这也是民刊是否具有可持续性的真正标识，是否对诗歌文化有影响与贡献的实质体现。

由于现行文学体制等多种因素，公刊民刊的不对等或差距还将持续，如非"弱势"群体，民刊也就不叫民刊了。但我们已然看到，在"新诗百年"这一时间节点上，在网络传播环境大面积拓疆里，绝大多数诗人与诗歌并非界线分明，诗媒的公开与非公开存在，实则相当于诗歌长途的两条执着的铁轨，有距离却同行并行且方向大同，并呈现出互补合力而非以往动辄喧哗对抗的和谐态势。也就是说，诗歌永远是诗人的通行证，媒介犹如阶段性精神驿站，公办刊物之外，民刊相当于是对文学及诗歌之重要而又容易流失部分的努力挽回与弥补，仍然不可或缺。

换言之，包括公刊民刊在内的广义的诗媒其实正构成一种"诗歌传播共同体"及"诗歌文化共同体"，正如《中国诗歌》主张的"倡导诗意健康人生，为诗的纯粹而努力"，充分呈现出积极的引导、参与和矫正之势。多种媒介的合力构建，可促进和完善诗歌生态，体现对诗歌文化的尊重，也体现出开放兼容的精神立场，有效地活跃和充实诗歌文化的多样景观。

一个时代似乎过去了，又一个时代正在延续进行！可以预见，随着"新诗"新的百年征程的开启，作为"诗歌传播共同体"的重要构成，作为"诗歌文化共同体"的重要组成，民刊仍将会在自我完善中发挥特殊而更新的作用。